Romance & Luxúria

Eva Tooper

Romance & Lúxuria

Uma história de amor, uma novela erótica ou algo assim

Prólogo...

...ou, quem sabe, as desculpas da autora.

Esse terrível ou duvidoso subtítulo (do livro, não do Prólogo) é quase uma desculpa. Mas se esse livro fosse publicado em uma editora tradicional, provavelmente seria assim que seria "explicado" pelos editores, servindo como chamariz para as vendas. No romance erótico do João Ubaldo, por exemplo, falaram muito da pesquisa que ele fez na Internet, só que aqui não houve nenhuma pesquisa. Lembrei-me de muitos "roteiros" de filmes eróticos e de tudo o que eles não traziam, lembrei-me de fantasias descritas por algumas amigas, ou as famosas "Cartas dos Leitores" das revistas eróticas e de algumas das minhas fantasias e experiências. Cabe a você saber qual é qual.

Mas essa estória toda começou mesmo, há muitos anos atrás, como um mero desafio para escrever algo mais interessante do que as tais "Cartas dos Leitores" das revistas eróticas de anos atrás, que eu quase gostava. Faltava algo e comecei um pequeno texto que foi crescendo, estendendo-se e de tão longo tornou-se perigoso. A quantidade de "experiências" descritas e a forma de descrevê-las, visava propositadamente saturar o leitor, levando-o a pensar no vazio que encontramos no sexo pelo sexo. Não queria criar uma leitura enfadonha, e daí o texto ter um ritmo mais rápido.

Caí em muitas, ou até quem sabe, em todas, as armadilhas que um escritor pode encontrar pela frente em um texto erótico, principalmente ao reinventar fantasias eróticas reais que representassem o desejo insaciável dos personagens. Abstrair meus desejos em favor da narrativa, foi difícil. Muito do descrito me causa estranheza, mas não somos todos estranhos?

Há muito de mim em cada capítulo meus desejos, meus sonhos, minhas fantasias e experiências. Não houve como evitar. Além de mim, amigas que confidenciaram no salão de beleza, em conversas do chá da tarde ou em momentos mais íntimos. Preservo todos os nomes reais, afinal, o encontro não aconteceu, mas muito do que foi descrito é verdade, mas talvez não exatamente como está escrito.

Apesar do esforço, acho que não alcancei meu objetivo, mas ao menos, esse texto me foi muito "companheiro" em momentos confusos da minha vida, servindo a um propósito, muito menos nobre: o de afastar minha atenção da realidade enfadonha que me cerca quando as coisas, no mínimo, não estão dando certo.

Espero que te ajude da mesma maneira.

E.T.

Ps: obrigada a Taylor Harding pela linda foto da capa.

Um pneu furado

Este dia poderia ser um como tantos outros, mas desde que acordara, um mau agouro me perseguia. Não foi apenas queimar o pão que colocara na torradeira, que deu curto e me deixou sem luz e não poder me barbear porque não tinha luz e nem lâmina de barbear, tendo que sair com uma terrível barba de 15 dias. Como se não bastasse, sem luz o portão automático da garagem não abria e tive que esperar o lerdo zelador do condomínio com uma chave de fenda para me ajudar a sair com o carro, mais do que atrasado para uma reunião na agência de publicidade PP&P, para quem costumo fazer alguns desenhos.

Não consegui chegar a tempo na reunião e sem poder estar lá para explicar e justificar minha concepção, era certo que seria recusada, o que não constituía propriamente uma novidade, pois já estou habituado com a relativa falta de visão de muitos clientes.

Não poderia ficar pior, mas foi. Quando voltava, um pneu furou em plena hora do rush no elevado do Joá. Quer mais? Não se preocupe. Piorou sim. O estepe estava sem pressão, completamente murcho. Foi o fim. Depois de amaldiçoar por alguns instantes, da companhia de eletricidade ao dono das "Rosquinhas Raquel", só me restava uma boa caminhada até o posto de gasolina mais próximo, que não era tão próximo assim, em busca de um borracheiro.

Quando estava fechando o carro e terminando minhas preces para que ele não fosse depenado por "amigos do alheio", um fusquinha vermelho, bem velho, aproximou-se e parou. Dele ouvi uma voz perguntando se precisava de ajuda. Era uma moreninha sorridente que aparentava uns vinte e poucos anos, mas talvez tivesse mais. Ela se ofereceu para me levar com o pneu, até o borracheiro. Que maravilha, realmente era a ajuda que precisava. Pacientemente esperou que pegasse o estepe no porta malas do meu carro e o colocasse no banco de traseiro do seu fusca.

Fomos conversando e ela contou que uma vez passara por um problema desses e que ninguém a ajudara, por isso sabia o sufoco que eu deveria estar passando. O trânsito não estava nada fácil e demoramos um bocado até o borracheiro. Quando chegamos, tirei minha roda e agradeci, pronto para dar-lhe as costas, no bom sentido, quando ela perguntou:

- Como você vai voltar?

- Eu pego um táxi! - não tinha esperanças de conseguir um tão cedo, mas era o jeito.

- É quase impossível pegar um nessa hora! - e mostrando mais uma vez seu belo sorriso completou - Eu te levo lá de volta!

Achei a ideia ótima, mas tinha que ser educado e dizer que "não precisa", "pois pode demorar", "é muito trabalho" e todas as coisas idiotas que se diz nesses casos apenas por educação.

- Não me importo! - disse com a maior simplicidade.

Já havia aceitado. No posto, ofereci algo do bar enquanto esperávamos. Encostada no freezer de bebidas, com uma luz forte no rosto, pude examina-la melhor. Era bonita, do tipo cheio de curvas, com um sorriso sincero. Era do tipo "mignon" e muito gostosa, mas muito gostosa. Contou que trabalhava numa loja de música, vendendo CDs. Não era nada interessante, mas prestei atenção por educação, fazendo aquelas perguntas bestas sobre trabalho enquanto examinava as curvas do seu corpo, mas em especial seu generoso decote, suas coxas e, confesso, sua bundinha. Ela adorava música e o trabalho. Na verdade, achava seu trabalho o máximo. Isso é bom, mas eu prestava mais atenção nas suas pernocas roliças e nos seus peitinhos, do que nesse papo.

O pneu ficou pronto e fizemos o trajeto de volta até o meu carro, o que não era pouco, pois o retorno mais próximo era longe, mas aproveitei a boa companhia. Quando finalmente chegamos ao meu carro, milagrosamente inteiro, tirei a roda de dentro do fusca e agradeci:

- Muito obrigado! Nem sei como agradecer.

- Não tem de que! - respondeu sorrindo.

Quando ela saiu com o carro me lembrei de que não pedira seu telefone, mas, por algum motivo ela andou só alguns metros, devagar e parou novamente, ainda no acostamento. Talvez meu dia não estivesse tão ruim assim. Fui até lá e:

- Já que você parou se tiver um pouco de paciência te levo para jantar. - arrisquei.

Ela sorriu e fez que sim com a cabeça. Foi a troca de pneu mais rápida que já fiz. Voltei ao carro dela:

- Podemos ir, mas vou ter que passar em casa! - falei mostrando o estado das minhas mãos e calça.

- Sem problema, não tenho horário mesmo.

Agradeci aos céus e falei para me seguir, torcendo para que o zelador tivesse resolvido a questão da falta de luz.

Um jantar caprichado

Dirigi até meu condomínio seguido pelo fusquinha. Entramos com os carros e estacionamos perto de casa. Assim que saiu ela disse:

- Legal isso aqui! - olhando as árvores do bosque.

- Também gosto! – e muito. A casa mais próxima da minha, ficava longe o bastante para não me perturbar e perto o suficiente para não me sentir um eremita. Enquanto caminhávamos, vendo que a luz da varanda estava acesa, respirei aliviado, a energia voltara, propus:

- Vou retribuir o favor que você me fez preparando um jantar para nós! Que tal?

- O que é isso, vou te dar trabalho, nem pensar! - respondeu.

- Eu é que te dei um trabalhão. - cortei - Não me custa nada. Será um prazer preparar algo para nós.

A resposta veio junto com um sorriso. Entramos. Minha casa é grande, mas sua maior qualidade é ser aconchegante. A sala tem ambientes distintos, sempre com a preocupação de ser um lugar gostoso de se ficar.

- Isto nem parece casa de homem solteiro! - disse assim que entrou. Pensei ouvir alguma preocupação embutida em suas palavras.

- Mas é! - respondi - Passo muito tempo em casa e tenho que gostar de onde estou – Tenho ajuda de uma senhora que faz a limpeza, mas ela está de férias visitando parentes no Norte.

Ela caminhou em direção à varanda, que tem uma pequena piscina, visivelmente impressionada.

- O que você gostaria de beber enquanto espera? - perguntei

- Você tem vinho?

- Que tal um branco suave? Acho que você vai gostar!

E fui até o bar enquanto ela circulava pela sala se habituando ao espaço.

- Isto aqui é incrível!

- Também acho. Me apaixonei por esta casa assim que a vi.

Voltei com dois cálices. Entreguei um a ela e levantando o meu brindei:

- Ao meu pneu furado!

- À minha boa ação do dia! - brincou.

Sem perguntar o tipo de música que ela gostava, coloquei um CD para tocar. Fiz a combinação mais pelo vinho do que qualquer outra coisa, apesar de que *Bill Evans* sempre soou para mim como a música ideal para sedução. Só não sabia quem estava seduzindo quem. Ela ofereceu-se para ajudar na cozinha:

- Quer uma ajuda?

- Te convidei para jantar, não para trabalhar, fique aqui que não demoro nada.

Saí para a cozinha, que estava um bocado zoneada, não limpara nada depois do desastrado café da manhã. Demorei a abrir as "janelas" que dão para a sala, no estilo de uma cozinha americana. Mas como bom voyeur, não pude resistir a observa-la pelas frestas da veneziana antes. Estava realmente à vontade. Até tirara os sapatos e olhava para além da varanda. Ela era bonita e parecia uma pessoa simples. Das duas uma: ou não tinha consciência da sua beleza ou trabalhava muito bem isso. Usava um vestido de malha não muito comprido, com uns laços na frente, que por algum motivo me lembrou a mulher do Rei Arthur, mais como a amante de Lancelot do que como a esposa do rei. Provavelmente eu estava muito romântico. Ela olhava para fora e bebia o vinho. Deu um salto com o barulho das "janelas" da cozinha ao se abrirem.

- Desculpe, precisam de óleo. - falei - Mas assim podemos conversar enquanto preparo o jantar.

A cozinha à direita de onde ela estava. Ela caminhou em minha direção. Descalça parecia um anjo. Acho que dei bandeira, pois ela olhou para seus pés dizendo:

- Você não se importa que eu os tire, não? Estavam apertados.

- De modo algum. - eu adorara - Estava pensando que fazem só duas horas que nos conhecemos! - e voltei-me para a massa da lasanha, com a imagem daqueles pezinhos lindos.

Ela sentou-se num banco alto junto à bancada.

- Eu também pensava isso, mas tenho a impressão de já conhecer este lugar!

- Quem sabe não foi em outra encarnação! - brinquei odiando a piada sem graça.

- Não dá, é novo demais para isso! - respondeu com um lindo sorriso. - O que é que você está colocando nesse molho?

- Meu ingrediente secreto!

- Parece estar ótimo - disse inclinando-se um pouco sobre ele. O ingrediente secreto era uma mistura muito louca de ervas alpinas que um italiano, amigo meu, refinado gourmet havia me enviado. Elas realmente davam um toque muito especial, pois no resto, era um molho simples em uma lasanha semi pronta bastante convencional.

Mas coloquei o quitute no forno e pegando meu cálice voltei para a sala anunciando:

- Agora só nos resta esperar.

Ela quis saber quem estava tocando e mostrei a capa do CD para ela. Examinou-a com atenção:

- Acho que é isto que está fazendo ter essa sensação de já conhecer isto aqui - e olhou para toda a sala - Já ouvi este CD lá na loja. Foi num dia que estava chateada e ajudou a sair do buraco.

- Que bom! - acertara no alvo - Venha conhecer o resto da casa.

Aproveitei a oportunidade e pegando-a pela mão entramos. Ela não recusou o contato e dei como certo que não recusaria mais nada. Estava perfeito. Talvez perfeito demais, mas não era hora de me preocupar com isso.

Minha casa tem três quartos. O primeiro é uma sala de televisão, que dá para a varanda e tem um daqueles monstros de muitas e tantas polegadas. Há apenas a televisão, uma estante com o vídeo, um sofá bem macio e uma escrivaninha.

- Muito bonitinho! - comentou.

- Aqui fica o ateliê, meu ponto fraco e o lugar da casa em que mais horas passo, e por isso o acho a minha cara, mais do que qualquer outro cômodo.

Ela ficou impressionada, como todos, aliás, com a quantidade de tintas, telas, papéis e computadores, que uso para desenhar.

- Você não falou que era pintor!

- Você não me perguntou.

- Que maravilha! Que tipo de pintura você faz? Já fez exposição? - muitas perguntas – Deixa eu ver seus quadros? - pediu.

- Depois te mostro algumas coisas. - falei saindo - Aqui fica a suíte!

Foi quando me toquei que poderia estar me precipitando. Ela iria pensar que estava a fim de trepar com ela. O que era a mais pura verdade, mas achei que exagerei, ainda mais que há uma parede de vidro separando uma enorme banheira de hidromassagem do quarto. Mas ela me deixou mais à vontade, entrando e indo até a varanda, sem reparar na parede de vidro.

- A vista aqui é diferente!

Abri a porta para que ela passasse para a varanda.

- Mar de um lado, montanha do outro. Por isso gosto tanto daqui. Quando estou muito chateado, abro as cortinas e durmo olhando o verde ou vou para a rede na varanda da sala.

- Isto aqui é um paraíso. Se você visse o conjugado em que eu moro em Copacabana. Pensando bem é melhor que você nem o veja.

- Mas por quê? - estávamos ficando perigosamente próximos.

- Morro de vergonha de lá. - Disse olhando para a montanha erguida à nossa frente. Sem que eu mesmo percebesse, minha mão colocou-se na cintura dela - É tão pequeno que não dá para colocar nada - ela não recuou nem parou de falar - apenas o extremamente essencial.

Ela virou-se e nossos rostos ficaram frente a frente. Era impossível resistir e beijei-lhe os lábios, rapidamente. Ela me olhou nos olhos com os seus azuis e aproximou o rosto, com a boca semiaberta e uma língua sensualíssima. Mas não foi um beijo novelesco. Houve certa hesitação, mas ela virou-se e viu a banheira do outro lado.

- O que é aquilo? - perguntou.

Não era muito comum em uma casa, mas a parede de vidro separando a banheira do quarto, fora tão bem planejada pela arquiteta que projetou a reforma da casa, que em nada lembrava um quarto de motel.

- Uma banheira! – respondi tentando transmitir indiferença.

- Eu sei - disse voltando para o quarto - É sensacional, que lindo.

- Acho que a lasanha já está pronta! – disse, sem estar assim tão preocupado com o estômago.

- Então vamos à lasanha! - disse puxando-me pela mão.

Realmente foi por pouco que não vira torresminho de lasanha. Ela ajudou-me a colocar a mesa na sala, mas alguns sinos pareciam tocar na minha cabeça. Não sabia se isso era bom ou mau. Tentava afastar esses pensamentos por enquanto, pois a noite prometia ser longa.

A lasanha havia ficado realmente ótima. Algumas vezes errava no sal, mas desta vez ficara realmente deliciosa. Ela comeu e repetiu com uma satisfação insuspeita. Uma nova garrafa de vinho teve que ser aberta, mas sinceramente não havia intenção de embebedar ninguém, a noite estava ótima, e eu a queria bem lúcida.

Um toque de sedução...

Colocados os pratos na lava-louça, nos sentamos no sofá. Relâmpagos no céu prometiam chuva para breve. Ela aninhou-se no meu colo como uma gatinha.

- Sabia que acho você um cara especial?

Visivelmente envergonhado tive que alertá-la:

- Você não pode dizer isso sem me conhecer. - Olhei para o relógio - Fazem apenas quatro horas que me conhece.

- Isso não importa. Você é um cavalheiro (lembrei-me de Lancelot). Fiquei um pouco receosa quando falou em preparar um jantar porquê... (ela hesitou) ...bem, algo me fez arriscar, algo em seus olhos.

É claro que depois disso nos beijamos. Nunca resisti a alguém falando dos meus olhos. Ela tinha uma boca sensual, aliás, como tudo nela. Alguém abaixo da minha cintura ameaçava interromper o romantismo. Ela continuou:

- Desde que chegamos, em momento algum você foi grosseiro e afinal de contas, se vim até aqui é por que sei o que estou fazendo.

Infelizmente lembrei-me de Mike Tyson. Coitado deve ter ouvido a mesma história. Ainda bem que não estamos lá. Ela havia dado a senha, agora que o sinal estava aberto era ir em frente. Como diria um amigo meu: "Jerônimo! ".

Abracei-a e busquei novamente sua boca. Era tudo ou nada. Enquanto nos beijávamos minha mão desceu até entre suas pernas e acariciou seu sexo suavemente. Ela deu um gemido, como uma gatinha. Aquele "cara" contra o romantismo estava a mil por hora e quando ela encostou sua cabeça nele, quase o ouvi dizer: "Vamos, vamos! ". Mas por incrível que pareça a iniciativa foi dela, que se levantou e me puxando pela mão:

- Vem comigo!

Sabia aonde íamos e eu estava feliz em não ter que tomar a iniciativa de leva-la para o quarto. Sempre tive problema em acertar a hora exata de levar a mulher para a cama. Enquanto caminhávamos de mãos dadas pelo corredor ela brincou:

- Ainda bem que você me mostrou o caminho.

Entramos no quarto e mais uma vez nos beijamos. Apertei seu corpo de encontro ao meu, forçando meu volume sob as calças de encontro a ela.

- Venha cá! - e me puxou para que sentasse na cama. Ela se abaixou na minha frente e tirou meus sapatos e meias. Massageou meus pés, que adoraram o carinho. Depois desabotoou e tirou minha camisa. Tentei beija-la, mas ela não me deixou interromper o que fazia. Me pôs de pé e abriu minha calça, beijando-me nos lábios, prestando uma atenção exagerada no que fazia. Era como uma gueixa a me despir. Abaixou-se para me ajudar a tirar a calça e deixou-a de lado. Quando se virou de costas, abracei-a por trás, encostando meu duro e "bom companheiro" nela. Deixou que tocasse seus seios por sobre o vestido e abrisse os laços em retribuição, mas me interrompeu, quando comecei a tira-lo, falando em uma voz suave, diferente:

- Eu preciso de um banho!

- Deixe que eu preparo!

Fui ao banheiro e acendi o gás, liguei a ducha e voltei ao quarto.

- Me espere. - pediu.

Eu continuava vendo-a por causa da parede de vidro. De dentro do banheiro e de frente para mim me olhando, sabendo dos meus olhos sobre seu corpo, tirou o vestido, ou melhor, deixou que ele escorregasse até o chão. Que corpo, que curvas! Tirou a calcinha e entrou no boxe. Que banho! Muitas mulheres já haviam tomado banho ali, e realmente gostava de vê-las. Ela parecia uma modelo de comercial. Ensaboou-se toda e antes que eu pudesse me recobrar perguntou lá de dentro:

- Você não vem?

Eu estava apatetado. Hesitei e ela insistiu:

- Venha!

O que pensaria de mim? Parecia que nunca havia visto uma mulher. Respirei fundo e parti para a ação. Não sei como me controlei e não transamos ali mesmo. Talvez porque ela soube ser rápida o bastante para não ficar tanto tempo assim comigo. Logo saiu, pegou a toalha que eu separara para ela e enrolando-se saiu do boxe. Terminei de me enxugar depois dela, que deitara na cama por sobre os lençóis. Estava linda ali completamente nua. Apesar de nunca ter gostado das mulheres que se deitam esperando que eu me aproxime com tudo em cima, havia algo diferente. Meu "bom-companheiro" não estava tão assanhado após o banho, mas sabia que não me decepcionaria. Deitei-me sobre ela e o contato com seu corpo em pouco tempo deixou-o novamente... em pé.

...E luxúria!

Beijamo-nos, agora não era mais novela, era sexo mesmo. Sua boca era deliciosa como seu corpo e não resisti a beija-lo todo. Seus seios pequenos tinham o tamanho certo. Foi ela quem aproximou nossos sexos e com seu corpo me fez penetrar o seu. Estava quente e úmido como eu imaginava. Havia uma pressão em torno de mim dentro dela, totalmente controlada. Ela sorria de satisfação, me deixando ver claramente o prazer que sentia.

As cortinas e janelas estavam totalmente abertas. A montanha e o céu sem lua dominavam, pontuadas pelas luzes dos prédios distantes. Os movimentos suaves de nossos corpos eram lascivos. Em meio a esta cena ela sorriu e me perguntou:

- Alguém pode nos ver?

Eu poderia imaginar que era pudor, mas arrisquei, apostando no oposto.

- Pode até ser, mas quem estaria nos vendo, um casal?

- Não - respondeu entrando no jogo - Preferia que fosse um homem!

- Por quê? – estava realmente curioso do motivo, mas não o bastante para cessar o gostoso balanço.

- As mulheres não se excitam tanto quanto os homens vendo isso.

Nossa conversa prosseguia em um diálogo extremamente sensual. Nossos corpos não paravam. O que falávamos nos excitava mais e sentia que buscávamos os limites um do outro.

- Mas você se excitaria! - afirmei com convicção.

- Nunca aconteceu, por isso não sei.

- Mas você gostaria de estar sendo vista fazendo amor?

- Muito!

Era como eu, não havia dúvida. Parecia que tínhamos as mesmas fantasias, mas confirmaríamos isso mais tarde, pois o momento agora era outro.

A buceta dela massageava meu pau enquanto eu metia e nos beijávamos. Ela me olhava nos olhos e incentivava:

- Isso meu gostoso... mete esse pau em mim... vai...

Eu metia, beijava seus seios e nos beijávamos, alternando minha boca no seu corpo e arrancando gemidos. Lambia seus mamilos e ela entre gemidos pediu:

- Morde... morde o peitinho... de leve...

Eu estava entrando e saindo dela e mordiscando seus mamilos quando ela começou a gozar:

- Vem... gostoso... vem comigo... goza... comigo...

Foi tão gostoso gozar com ela que nem me preocupei com mais nada. Foi um gozo intenso, com ela cruzando as pernas sobre o meu corpo e me prendendo e puxando mais ainda para dentro.

Eu não queria que aquilo terminasse. Tive um orgasmo que começou lento, junto com o dela, mas prolonguei ao máximo até sentir seu corpo começar a relaxar, quando reiniciei os movimentos e ela percebendo pediu:

- Isso... com força... mete tudo... me enche de porra...

E gozei muito.

Ela era uma mulher como há muito eu não encontrava. E nosso encontro havia sido totalmente ocasional. Ela enroscou-se em mim e descansou. Não dormimos. Havia muito mais a fazer nesta noite. Ela virou-se de costas para mim e abracei-a. O contato de meu "velho amigo", mesmo cansado, com sua bundinha, o despertou novamente. Ela o conduziu com a mão para dentro e começamos mais uma vez.

- Você é tão grande! Sinto seu pau dentro da minha barriga! - disse - Coloque a mão aqui. - e conduziu minha mão até seu ventre onde realmente podia sentir meu bom-companheiro quase que a rasga-la.

Mesmo estando por trás dela, nos beijamos. Sua língua era como uma serpente inquieta na minha boca, procurando meus lábios e a minha língua.

- Põe mais! - pedia ela entre gemidos, e eu me enterrava naquela carne quente e deliciosa. Com a mão tocava em seu grelhinho, o que a fazia delirar. Virava o rosto para que a beijasse e logo gemia e arqueava o corpo.

Gozamos novamente assim de ladinho e ela pediu:

- Fica aí na garagem dele.

Adormecendo abraçados, eu ainda dentro dela.

O dia seguinte

Raios de sol invadiram o quarto atingindo meu rosto. Estendi o braço ainda cheio de sono e não a encontrei ao meu lado. Um instante de pânico foi logo dissipado quando lembrei que não, havia escondido as chaves da casa. Ia levantar para procura-la quando entrou no quarto, com uma pequena bandeja com café e torradas.

- Não sabia o que você tomava de café da manhã, mas preparei um café com torradas, está bom?

- Está ótimo! – lembrando do dia anterior e do fiasco da torradeira que, felizmente, não se repetiu.

Era um alívio. Por um momento passou uma nuvem negra pela minha cabeça, mas já se dissipara.

- Espero que não se importe de ter pegado este roupão. - ficava linda com os cabelos presos.

- Você tem que trabalhar hoje? - perguntei.

- Até que teria, mas não estou com a menor vontade de ir. - e sorriu.

- Quer passar o fim de semana aqui? - era uma pergunta meio idiota, mas a única que me ocorreu.

- Isto é um convite?

- Claro que é!

- Então eu fico - e me beijou - Mas vou ter que ir em casa buscar algumas roupas.

- Tudo bem, eu te espero. – iria aproveitar o tempo arrumando alguns detalhes da casa para ela.

Ela se levantou, tirou o roupão e se vestiu enquanto eu a observava.

- Vou agora, mas volto rapidinho.

- Mas vai voltar mesmo!? - havia uma sincera dúvida.

- Quem você pensa que eu sou? Se eu disse que volto eu volto, ora!

Mesmo com dúvida no ar acreditei. Mais porque queria acreditar do que por qualquer outra coisa. Lembrei novamente que não tinha seu número de telefone e me amaldiçoei, mas felizmente não precisei esperar muito. Num tempo razoável de ida e volta a Copacabana, ela voltou. Da portaria do condomínio avisaram que o carro dela havia chegado. Esperei-a na porta. Chegou com uma bolsa, que parecia ser de roupa.

- Aqui estou! - disse sorridente.

Abraçamo-nos, beijamos e assim que fechei a porta a abracei com força e a beijei colando todo o corpo no dela.

- Nossa! – disse enquanto a despia – Foi tanto tempo assim? – brincou desabotoando minha bermuda.

Ela fez menção de me chupar, mas a levei para o chão, abri suas pernas e passei a língua em seu sexo, ela gemeu gostoso, se abrindo mais para mim e coloquei meu pau nela:

- Vai meu gostoso... mete gostoso em mim...

Meti e transamos bem gostoso ali na entrada sem arrumar nada. Para que? Ela era só o que eu precisava.

Ela me segurou o rosto, como se me examinasse, ainda dentro dela, beijou meus lábios e com um sorriso lindo disse:

- Você é uma delícia. – nos beijamos.

Saí de dentro dela e sentei ao seu lado. Ela ficou ali se espreguiçando como uma gatinha e também sentou.

- Pode me mostrar onde deixo minhas coisas?

Rimos da situação de estarmos ali sentados nus, com as roupas espalhadas. Levantei e ajudei-a a se levantar. Ela me abraçou e:

- Adorei a recepção. – me deu um beijo – Faz assim sempre que quiser.

Antes que eu perguntasse o que ela queria dizer com aquilo, ela já tinha juntado nossas roupas, pego sua sacola e estava a caminho do quarto.

- Arrumou um cantinho no closet pra mim? – perguntou enquanto rebolava seu corpo nu ciente do meu olhar para ela.

Apesar da visão estonteante do corpo despido dela caminhando na minha frente, meu corpo ainda estava sob impacto da gozada. Me joguei na cama de costas e expliquei para ela qual espaço eu reservara, ali mesmo da cama. Ela arrumou o pouco que trouxera e como criança, pulou nua para a cama e do meu lado pediu:

- Me leva na praia?

Eu sabia dizer não para ela? Mesmo com a pequena piscina da varanda, ela preferia ir à praia em frente ao condomínio. Não precisávamos ir de carro. Era só caminhar até o portão e atravessar a pista para a praia.

Ela se vestiu no closet e não vi o biquíni que colocara. Saiu do closet vestida com uma canga amarrada acima dos seios, sandália havaiana, passou direto por mim e enquanto saía do quarto só falou:

- Vamos preguiçoso.

Estava mesmo preguiçoso. Vesti uma sunga, peguei minhas sandálias e encontrei com ela na sala segurando a porta aberta:

- Antes que você tenha outra ideia.

Corri em direção a ela fingindo que ia pegá-la e ela correu fingindo acreditar que faria o que fiz assim que ela chegou.

Uma canga era tudo o que via e estava curioso com o tipo de biquíni que estaria usando. O barraqueiro trouxe duas cadeiras, guarda Sol e me sentei, fingindo não prestar atenção enquanto ela tirava a canga. Ela sabia que eu a olhava, mas também fingiu que não era com ela. Tirou a canga.

O que posso dizer do que vi? Pequeno, mínimo, sensual? O biquíni ficava perfeito nela. Qualquer um ficaria, mas aquele... nossa, era perfeito. Ficava ainda mais sensual e gostosa nele. Era pequeno. Bem pequeno. Fio dental discreto, com um triângulo mínimo atrás e outro pouquinho maior na frente. Sutiã tipo cortina e o melhor: lacinhos. Adoro a sensualidade dos lacinhos prendendo as tirinhas da calcinha e do sutiã.

Ela é uma pessoa ótima, sempre alegre e disposta a tudo. Eu ainda não sabia, mas disposta a tudo mesmo. Não havia paixão entre nós, não podia haver nos conhecendo a tão pouco tempo. Havia sim uma forte atração sexual. Isto não me preocupava, apesar de ainda estar buscando a "mulher ideal". Sou otimista acima de tudo. Só queria aproveitar isso tudo enquanto durasse. Era ótimo estarmos juntos, e como disse, ela era uma excelente companheira. Apesar da hora a praia estava cheia e aproveitamos o Sol e o mar. Quando bateu a fome, sugeri uma cerveja com bolinhos de bacalhau em um quiosque depois do que estávamos. Ela topou, como sempre topava tudo o que eu sugeria. Comemos, bebemos e voltamos para casa.

Tive o prazer de abrir os lacinhos do biquíni com os dentes, para despi-la para o banho, que tomamos juntos na banheira. Servi mais uma cerveja para nós e ficamos deitados na água em movimento. Quando nos ensaboamos, ela não protestou aos meus avanços e não resistiu a meus carinhos. Depois de nos beijarmos muito, coloquei um dedo, suavemente em seu sexo, até sentir que ela estava gostando. Quando fechou os olhos se entregando, me abaixei entre suas pernas e subindo seu corpo com uma das mãos, beijei-a, em um beijo muito mais íntimo, até transformar seus gemidos em um gozo tranquilo, se é que algum orgasmo possa ser tranquilo.

O que era fantástico nela, é que não se importava em como ou o que fazíamos desde que tirássemos prazer disso. Ela me olhou e:

- Meu safado gostoso. Isso era só um banho.

Saímos do banho. Ela me empurrou para a cama e mandou:

- Não se mexa. Eu vou retribuir o que você fez. Vou fazer você gozar gostoso, mas você tem que ficar imóvel. - Ótima proposta.

Começou massageando meu corpo e o percorreu com os lábios, detendo-se primeiro no meu peito, depois na minha barriga e terminando é claro, no meu "bom-companheiro". Ela o engoliu, com uma gula inédita. Ela o chupou, lambeu, apertou, fez o diabo. O difícil era ficar imóvel. Em um momento quase fiz com que o bom-companheiro entrasse em sua garganta. Como se estivesse levando pequenos choques, uma onda de energia elétrica começou a percorrer meu corpo. Vinha da cabeça e da ponta dos pés em direção a ELE. Ela se empenhava:

- Tá gostando meu tesão? – eu só conseguia gemer.

- Es... tou...

- Goza na boca da tua mulherzinha, goza...

Aquilo estava bom demais e não queria resistir.

- Enche minha boquinha de leite, vem...

E Fui. Quando gozei, ou depois, achei que ela iria engasgar, de tão forte que foi minha ejaculação. Foi um orgasmo como nunca sentira antes.

A noite seguinte

À noite, recuperado, ao invés de preparar o jantar, propus jantarmos fora.

- Porque não ficamos por aqui? - perguntou - Posso preparar algo para nós.

- Primeiro porque quero sair com você, exibir minha namoradinha e curtir um lugar em que possamos dançar; depois, deveria ter feito mercado e não tenho nada em casa.

- Huummm... gostei dessa parte. – falou com um sorriso sapeca.

- Qual parte?

- A de exibir a namoradinha.

Brinquei dizendo que achei que era sobre o mercado e ela disse que:

- Poderíamos ter feito mesmo!

- Não estava a fim de perder tempo em um mercado justo hoje. Topa dançar?

- Claro!

Eu queria mais. Queria testá-la, experimenta-la em outros lugares, não sabia se isso iria durar ou mesmo se valeria a pena. Sabíamos muito pouco a respeito um do outro, mas nos dávamos muito bem na cama, e isso de uma certa maneira era confuso. Mas saímos e quando fui na direção do meu carro ela me lembrou:

- E o pneu?

É verdade, havia me esquecido de consertar a porcaria do estepe. Ela me deu as chaves do carro dela e lá fomos nós de fusquinha. Fazia muito tempo que eu não dirigia um fusca e ela não perdeu a oportunidade para implicar comigo:

- Do jeito que você está dirigindo chegaremos na hora do café da manhã.

- Pelo menos terá sido uma viagem encantadora!

- Claro, ainda mais que podemos fazer muito aqui dentro.

- Esta coisa é um pouco apertada, você não acha?

- O que é isso amor - era a primeira vez que me chamava assim - Pode-se fazer de tudo aqui!

- Pelo visto tem bastante experiência! - não estava chateado, mas ela entendeu assim.

- Eu só estava brincando, não precisa criticar! - disse um pouco irritada.

- Não era crítica, eu que estava brincando com a sua defesa do fusquinha. É terrível namorar nesse carro, nem na frente nem atrás. É muito apertado.

- Eu faria qualquer coisa aqui dentro... com você! - chegáramos de novo naquele ponto de nos testar. Ela estava totalmente segura de si e eu queria ver até onde ia essa segurança.

- Qualquer coisa? - perguntei provocadoramente incrédulo.

- Claro que sim! - respondeu com segurança - Você é meu homem (gostei desta parte) e pode pedir qualquer coisa que eu faço para você.

Pensei o mais rápido que pude. Tinha que ser alguma coisa viável, porém que realmente a colocasse em cheque, de preferência, mate. Havia algo...

- Tire a blusa! - poderia ter pedido mais, mas não acreditei que faria.

Mas ela apenas sorriu e em plena Avenida das Américas tirou a blusa e jogou-a para o banco de trás.

- Pronto! - e ficou ali me olhando, enquanto eu não sabia se dirigia ou a olhava.

- A saia! - ordenei ainda incrédulo.

Ela não se fez de rogada e a tirou, jogando-a para trás onde jogara a a blusa. Eu não parava de olha-la, seu corpo ali seminu do meu lado, carros passando por nós sem perceber o que acontecia.

- O que você quer que eu tire agora? - perguntou desafiadora - Ainda tem colar, sutiã, calcinha, meia, sapato...

Nessa ela realmente me pegara. Nunca esperava que uma mulher se despisse dentro do meu carro, em uma rua movimentada. Está certo, o carro era dela, mas mesmo assim...

- O que vai ser? - insistiu ela e já que insistia...

- Tudo! - muita coragem da minha parte - Quero que tire a roupa toda!

- Você quer que eu fique nua aqui no carro em plena rua? - provocou.

- É... - antes que eu começasse a justificar, ela tirou o colar, jogou os sapatos para o banco de trás, o sutiã e a calcinha. Fez tudo com muito charme, me olhando antes de jogar cada peça para trás. Estava completamente nua no banco do carro do meu lado. Que visão linda.

Colocou um braço apoiado na porta, o outro no encosto do banco e uma perna sobre o assento, desafiadora... e linda, com aqueles peitinhos me olhando, o sexo à mostra.

- Que tal?

- Maravilhosa! - nem precisava dizer ela sabia, e meu bom-companheiro também.

- O que fazemos agora?

Não existiam palavras para respondê-la e a boate também já estava há muito para trás. Apenas a ação poderia dizer o que eu e ELE sentíamos. Coloquei minha mão sobre seu sexo e ela gemeu suavemente:

- Bom! - disse fechando os olhos - Mas cuidado com o transito!

Enfiei meu dedo, enquanto ela se remexia.

- Muito bom! - repetiu a safadinha.

Só houve um jeito. Assim que deu, parei o carro em um acostamento na praia da Reserva, que era relativamente vazia e caí de boca, literalmente. Enquanto me deliciava ela disse:

- Esses carros que passam nem devem imaginar que meu namoradinho está me chupando assim gostoso.

Me lembrei do que ela dissera quando transamos a primeira vez lá no quarto sobre ser observada e num rompante de ousadia, perguntei se:

- Você gostaria que eles nos vissem? – e voltei a chupá-la.

- Adoraria que eles soubessem que faço tudo pelo meu homem.

- Tudo? – perguntei parando de chupá-la e olhando-a nos olhos.

- Tudo! – respondeu sem desviar o olhar do meu.

- Então sai do carro. – falei louco de desejo e de ousadia.

Ela titubeou.

- Você quer que eu saia do carro assim nua?

- Quero! – respondi mais louco ainda – quero que todo mundo veja que minha namoradinha faz o que mando.

Ela abriu a porta do carro e completamente nua saiu. Caminhou até ficar ao alcance dos faróis do fusca e se exibiu para mim e para os carros que passavam. Que mulher. Linda, louca e maravilhosa.

A maioria dos carros passava em alta velocidade e só deveriam ver que ela estava nua depois que passavam, porque diminuíam a velocidade depois para apreciá-la pelo retrovisor, mas eu a via bem ali na minha frente, completamente nua e ainda fazendo pose.

Saí do carro, fui até ela e a peguei pela mão.

- Onde está me levando? Não foi isso o que você queria?

A trouxe até o carro, encostando-a no carro, no lado do carona, de frente para a avenida. Não resisti a beijá-la, encostando todo meu corpo e deixando que ela sentisse minha excitação.

- Huummm... Que delícia! – disse enquanto se abaixava.

Abriu minha calça, puxou meu pau para fora e o colocou na boca. Me apoiei no carro para não cair para trás, mas ela se levantou, virou de costas para mim, abriu as pernas se apoiou no carro e ficando na pontinha dos pés:

- Mete, meu gostoso. Fode a tua mulherzinha, vem...

Coloquei a mão no seu sexo molhado, para guiar meu pau e meti, bem devagar.

- Ai... que pau gostoso esse o do meu homem. Me fode! – pediu.

Enterrei ele todo. Ela arrebitou ainda mais a bundinha para facilitar.

- Delícia meu puto. Fode pra eles verem o quanto eu gosto desse pau.

Ela falava e rebolava e eu metia, entrava e saía, ora suave, ora com força.

- Me fode com força... vem. – pedia e aumentei a intensidade dos movimentos fodendo-a com mais força.

Os carros passavam e mesmo sem ter uma visão completa daquele casal louco fodendo em plena avenida no meio da noite, sabiam o que estávamos fazendo. Alguns poucos buzinavam e um berrou para fode-la direito, como se não estivesse sendo. Tudo a deixava ainda mais excitada.

- Ai que delícia – dizia gemendo – todos vão saber que eu sou tua.

- Ah se é – falei enterrando com força, como ela pedia.

Ela começou a gemer mais alto e implorou para que eu:

- Goza na tua mulherzinha, vai, goza bem lá no fundo, me enche da tua porra. – eu estava prestes a fazer isso – Goza comigo meu puto... vem... vem...

E gozamos os dois, com ela rebolando freneticamente no meu pau e com os carros passando indo e vindo. Enchi sua buceta de porra e ela:

- Que delícia... teu prazer escorrendo pelas minhas pernas.

Se virou com o sorriso mais lindo do mundo, nos beijamos e:

- Ainda vamos naquela boate?

- Claro que vamos. – respondi sem pressa.

Abri a porta para ela entrar e abrindo o porta-luvas, tirou uma caixinha de lenços e se limpou. Virou-se sobre o banco para trás, para pegar as roupas que jogara ali e começou a se vestir.

Vamos, gatinho!

Dei a volta e entrei no fusca enquanto ela ainda se vestia. Enquanto ela colocava a saia, fiz o retorno e peguei a pista de volta para a boate. Ela disse:

- Viu, não falei que dava para fazer muita coisa? Até striptease...

Sorriu maliciosamente e se aconchegou no meu braço. Chegamos e lá, foi tudo uma maravilha, apesar do meu cansaço, mas estava feliz e dançamos um bocado e bebemos igualmente. O lugar não era um cantinho silencioso para um romance, mas quem pensava em romance? Aquilo estava muito além. Era romance com altas doses de erotismo. Aproveitamos bastante e ainda demos um amasso no meio da pista de dança. A música era altíssima, mas de qualidade. Na volta para casa ela veio dirigindo e eu me aproveitei para colocar minha mão entre suas pernas. Ela quase gritou, e eu até me assustei.

- Não me distraia! Não posso ter minha atenção desviada. Pode ser defeito, mas não sei dirigir assim.

Quando ameacei outra vez...

- Por favor, é sério!

Eu estava com muito sono para questionar. Chegamos no condomínio, estacionamos o carro ao lado do meu e em casa fomos direto para o quarto. Eu, exausto, desabei na cama de roupa e tudo. Foi ela que, mais uma vez, me despiu como uma gueixa. Ouvi o barulho dela no chuveiro, no closet e estava de bruços, nu, quando senti seu corpo igualmente nu sobre o meu. Apesar de até pensar em transar, eu preferia mesmo dormir um pouco. Depois faríamos tudo outra vez, mas ela, com uma voz suave me tranquilizou:

- Vou fazer uma massagem que vai te fazer dormir como um anjo!

- Pensei que anjos não dormissem! - brinquei enquanto sentia suas mãos nas minhas costas.

Uma massagem realmente fenomenal. Quase cheguei a ficar excitado, mas a sensação de relaxamento foi maior e adormeci.

Como dormi bem nessa noite. Realmente dormi como um anjo, se é que eles dormem, mas quando acordei, achei que o meu havia dormido. Passavam das 11 da manhã e não havia nenhum sinal dela. Foi outro tremendo susto. Esquecera de esconder a chave outra vez e até mesmo de trancar a porta. Corri para o ateliê e tudo parecia em ordem. Verifiquei os dólares, a aparelhagem de som, tudo no lugar, até mesmo as chaves do carro e da porta. Apenas ela havia desaparecido. Conformado, fui para a cozinha e preparei a cafeteira para um café. Enquanto esperava, fui para a varanda. No estacionamento o fusquinha não estava lá. Ela tinha mesmo ido embora. Mas porque não deixou nem um bilhete? A cafeteira apitou e fui me servir. Estava sentado na varanda olhando o céu quando ouvi barulho de chave na porta de serviço. Antes que eu alcançasse a porta, ela entrou com um saco de pão e um jornal embaixo do braço.

- Está acordado amor? - era a segunda vez que ela me chamava assim. - Comprei pão, jornal e mais umas coisinhas para o nosso café da manhã.

Ela me deu um beijo e colocou tudo sobre a bancada da cozinha me passando o jornal.

- Aqui na Barra tudo é tão longe, bem diferente de Copa. Lá não preciso pegar o carro para ir à padaria. Vá ler o jornal enquanto preparo algo melhor do que esse café que está tomando.

Enquanto ela começava a preparar o café da manhã, aliviado, peguei o jornal, dei-lhe uma palmada no traseiro e fui para a sala. Havia algo de misterioso naquela mulher que eu precisava descobrir. Era tudo muito perfeito, uma verdadeira gueixa. Gostava de se exibir, de foder como uma putinha e ainda cozinhava. Isso não existe! Ou será que existe? Eu tinha todo o domingo para procurar saber mais sobre ela.

O café da manhã foi delicioso. Coisas que eu não tenho muita paciência em fazer quando estou sozinho, como torradas francesas, frutas e suco de laranja. Ela tratou de tudo e ainda arrumou toda a cozinha.

E não é que ela é exibida?

Depois de tudo arrumado, ela sugeriu que fôssemos à praia, mas:

- Prefiro ficar por aqui. - falei - Porque não toma sol na varanda?

- Legal! - me jogou um beijo e sumiu pelo corredor.

Fiquei absorto na leitura e não percebi quando ela voltou.

- Você fica comigo aqui? - perguntou já na porta da varanda.

- Claro!

Levantei seguindo seu rebolado para a varanda. Estava com o mesmo biquíni sensual. Sentou-se numa das espreguiçadeiras e apontou para a que estava a seu lado. Antes de sentar puxei-a para a sombra, ao que ela reclamou:

- Assim você fica longe!

- Mas não fico torrado! - brinquei.

Ela lançou o olhar pelas casas próximas e arriscou:

- Será que isso aqui é muito devassado?

- Como assim?

- Dá para ver a gente aqui? - perguntou calculando a distância com o olhar.

- Talvez minha resposta te decepcione, mas nunca ninguém reclamou por eu estar nu!

- Era isso que eu queria saber. - E antes que eu dissesse SHAZAM ela tirou o biquíni.

- Você tomar sol nua, vá lá - falei - mas ainda ficar de bruços é abusar da minha sanidade.

Ela deu de ombros e virou a cabeça para o outro lado, mas pude vê-la sorrindo. Tirei a bermuda e me aproximei sorrateiramente. Encostei meu bom-companheiro naquelas lindas nádegas. Ela gemeu e virou a cabeça de lado.

- Gosta de me sentir duro encostado na sua bundinha? - perguntei enquanto me esfregava.

- Adoro... é muito gostoso!

Levantei seus quadris e coloquei a cabeça do meu bom-companheiro na porta do sexo dela. Ela não se movia. Puxei-a devagar em minha direção de forma a penetra-la. Seus gemidos aumentaram enquanto eu regia os movimentos.

- Isso é bom! - suspirou ela.

Meu pau já ia todo dentro dela quando pediu:

- Me come dentro d'água?

Não sabia se ia fundo agora e deixava isso para próxima ou... bem a voz dela era irresistível. Levantei-me e puxei-a para a piscina. Não era muito funda, afinal era uma piscina de varanda, mas tinha um degrau ótimo para essas coisas. Quando ela entrou, deitou-se de bruços apoiada na borda e empinou sua bundinha para mim. Descobri que ela era literalmente boa até debaixo d'água.

Ousadias

Fomos almoçar tarde e ao invés de sairmos para comer ou preparar algo, pedi comida a um restaurante. Era um velho conhecido ao qual recorria sempre que estava sem paciência para cozinhar. Ela estava só com uma camiseta sobre o corpo e olhava meus livros de arte na estante. Havia um livro que sempre despertava polêmica, chamado "A Arte do Strip-tease", mas ela o ignorou. Folheou alguns livros de fotografia até o interfone avisar do entregador e ela avisou:

- Pode deixar que eu recebo.

- Você está só de camiseta – lembrando o que não precisava ser lembrado e me movendo para abrir a porta, mas...

- E o que que tem? Não estou bonitinha? – disse fazendo pose.

- Está linda, sempre, mas o entregador vai levar um susto.

- Só se ele não gostar de mulher, disse já com a mão na maçaneta.

Abriu a porta e, claro, o rapaz levou um susto ao vê-la com uma camiseta sem mangas, folgada, decotada, que dava para ver que ela estava sem sutiã e com muito pouca imaginação que estava também sem calcinha.

Ela recebeu as embalagens, levou-as rapidamente ao balcão que dá para a cozinha onde as deixou e falou:

- Pode deixar que eu pago.

Se abaixou para pegar o cartão na bolsa, de tal jeito que não era necessária nenhuma imaginação para descobrir que ela não usava nada por baixo da camiseta. O rapaz olhou para mim e voltou a olhar para a bunda dela, com certeza com uma linda visão de tudo e mais um pouco. A safadinha revirou a bolsa e:

- Achei! – me mostrou o cartão e foi pagar.

O rapaz segurou o cartão olhando para o decote dela, piscou, pegou o cartão, colocou na máquina e ainda demorou instantes para devolver o cartão. Esperava um convite para sair? Ela o deixara empolgado.

- Vamos comer? – falou mostrando as embalagens.

- Você gosta mesmo de se exibir, não gosta? - falei indo ajudá-la.

- Você não gosta de saber que os outros gostam de me ver?

Eu pensei um pouco antes de responder, porque não me parecia certo, mas eu de fato gostava. Aquele exibicionismo na avenida e depois a foda encostados no carro havia sido muito excitante e agora mesmo, fiquei inexplicavelmente excitado com o olhar do rapaz para ela. Ela parou o que estava fazendo, levantou as sobrancelhas esperando a resposta e:

- É verdade, eu gosto sim.

- Não te excita? – perguntou sem nem olhar para mim.

- É... me excita sim. – respondi sem muita convicção

- Então pronto, se você gosta e te excita... – fez uma pausa - ...eu gosto e me excita!

Sentamos na mesa para comer e ela começou um papo meio estranho.

- Isso de morar sozinha é legal, mas tem horas que eu fico impaciente, num mau humor terrível, como se estivesse de TPM.

- Te entendo, morar sozinho legal sim, mas voltar para casa depois do trabalho pode ser até frustrante. Como trabalho aqui, não chego a ficar de mau humor.

- Você mora em uma mansão. Tinha vezes que eu chegava no meu apartamentinho muito puta da vida. Sabe o que eu fazia? Você vai dizer que eu sou louca.

Sacudi a cabeça em negativa enquanto ela continuava:

- Meu armário tem um espelho grande como aquele do teu quarto.

Eu ouvia com interesse e um pouco de preocupação.

- Eu vestia uma roupa bacana, daquelas em que até eu me acho sexy, e dançava e tirava tudo, bem devagar até ficar peladinha.

Uau! Não era para que eu estranhasse, mas quase engasguei.

- Tenho uma amiga, que mora na Zona Norte, que dorme lá em casa de vez em quando, quando fica tarde para ela voltar para casa, entende? Algumas vezes, quando eu chego assim, quase deprimida, ela já sabe o que vou fazer, e não se espanta mais quando vou tirando tudo até ficar nua e me curtindo.

- Queria ser tua amiga! - brinquei, e me debruçando na mesa na direção dela - Mostra para mim?

- Não, hoje estou ótima! – disse piscando o olho para mim.

- Mostra! - insisti – Quero ver como você faz!

Ela parou pensando, bebeu um gole de água e mandou que esperasse. Saiu para o quarto. Aquela sensação de impossibilidade me assaltava. Quanto duraria? Mas maior que a dúvida era a felicidade de estar com essa mulher e claro, o tesão.

O livro "A Arte do Striptease", não estava lá por acaso. Há muitos anos, eu descobri que adorava striptease. Não aqueles dos filmes de detetive americano cheios de pulos saltos e aeróbica, mas a arte de se despir. Adorava ver uma mulher tirando a roupa, ou só a canga na praia. Quando ia sozinho, ficava até com receio de olhar demais e chamar atenção. Procurava pelos filmes em que alguma mulher fazia striptease e me decepcionava com a maioria. Quando viajei para os EUA, uma amiga me levou a um festival de burlesco. Mulheres lindas, bem vestidas, despiam-se sensualmente no palco. Adorei e virei fã. Fomos a várias boates especializadas enquanto estava lá. Em uma delas, comprei o livro, capa duro, bem encadernado, com um histórico detalhado e ilustrado. Causava polêmica, porque algumas namoradas achavam vulgar, coisa de puta, de vadia. Outras ficavam intimidadas, achando que eu fosse exigente, o que não era verdade, eu apenas gostava e muito.

Agora ali estava eu namorando uma mulher exibida que fazia isso sozinha para levantar a sua própria moral. Com certeza ela iria levantar mais do que a moral dela se ia realmente fazer um para mim.

Finalmente o primeiro striptease

Pouco depois ela voltou para sala. Não usava mais a camiseta e sim o que parecia ser um macacão preto, com uma fenda nas pernas e decotado, e uma sandália preta alta. Prendera o cabelo em um coque. Assobiei quando ela deu uma rodada na minha frente.

- Coloco uma música? - perguntei.

- Isso não é show de cabaré! – esse era o preconceito ao qual estava acostumado, mas – Claro que pode colocar bobinho.

Coloquei um CD que parecia apropriado. Começava a escurecer e a porta da sala para a varanda parecia um espelho. Ela ficou de frente para essa porta. Sentei-me no sofá, bem de frente para ela. Algumas mulheres já haviam tirado a roupa para mim nesta mesma sala, mas apesar do pouco que conhecia dela, sabia que este seria o melhor.

Ela não dançava, nem rebolava. Nada vulgar. Ela se mexia olhando para o "espelho", praticamente me ignorando. Falava comigo sem me olhar. A roupa lhe caía muito bem, deixando generosas porções de suas coxas à mostra, mas sem ser vulgar. Ela se olhava, como se gostasse do que via.

- Gosto de estar bem vestida, faz me sentir bem.

Ajeitava a roupa displicentemente. Havia uma faixa na cintura, e foi por ela que começou. Tirou-a e jogou-a para mim. Percebi que aquilo não era um macacão. Virou-se de lado, sem deixar de se olhar no espelho improvisado.

- Quando fico muito para baixo, me visto legal, para me sentir gostosa e saio sozinha ou com uma amiga.

A calça tinha laços nos tornozelos, que a prendiam. Ela os soltou.

- A gente sai, mas para ficarmos sozinhas, não quero companhia. Quero falar bobagem, besteira, não fazer. Não quero aturar conquistador barato.

Tirou a calça e ficou com ela na mão, de lado, enquanto se apreciava e eu a admirava.

- Quando chego em casa e se ainda estou chateada, gosto de me curtir. - disse jogando a calça para o lado - Me valorizar, redescobrir meu corpo.

Mesmo com o decote da blusa, ela estava de sutiã, que tirou antes da blusa, com um imenso prazer. Tirou as sandálias e ficou na pontinha dos pés, como recomenda aquele meu velho livro de striptease. Abriu a blusa e deu um nó para prendê-la, pouco abaixo dos seios. Se olhou à esquerda, à direita, soltou os cabelos e dançou no ritmo suave da música. Meu bom-companheiro estava louco para sair da bermuda e deixei que ele o visse.

- Olha só quem está querendo te ver! - falei.

Ela fingiu que não vira, mas sorriu e tirou a blusa. Só de calcinha alisou os seios.

- Gosto muito dos meus peitinhos, acho eles tão certinhos.

Ela estava certa, na verdade toda certinha. Tirou a calcinha lentamente, deixou-a cair no chão displicentemente e completamente nua se apreciou ao "espelho". Tocou seu sexo com uma das mãos, abriu um pouco mais as pernas, se apoiou no braço do sofá onde eu estava e se tocou mais fundo de olhos fechados.

Era maravilhosa. Tudo o que eu queria era me afundar naquele corpo gostoso e sempre cheiroso, mas tive que aguardar com paciência até que terminasse de desfilar para ela mesma.

Não sei se gozou, mas abriu os olhos, me olhou como se só então percebesse que eu estava ali e, ficando na minha frente, afastou minhas pernas, ajoelhou-se na minha frente e beijou meu bom-companheiro. Ela era excelente nisso. Com ele na mão, me olhou e perguntou:

- Gostou?

- Amei! – respondi alisando seus cabelos.

- Não acha bobagem minha? – perguntou masturbando lentamente.

- Claro que não – respondi contendo um gemido.

- Pode gemer, meu lindo. Adoro ouvir você gemendo para mim.

Achei que tinha que falar alguma coisa e perguntei:

- Vai fazer sempre para mim? – adorando sua mão e sua boca em mim.

- Huummm... É só pedir que eu faço para você... – disse passando a língua na cabecinha do meu pau – ...sempre.

Alisei seu cabelo e falei:

- Vou adorar todos – puxando sua cabeça para que engolisse meu pau.

Ela me lambeu e subiu para o meu colo. Segurando em meu pescoço, com os pés em cima do sofá, como de cócoras, foi abaixando até que estivesse todo dentro dela. Fechou os olhos e deu um longo gemido.

- Adoro o pau do meu homem assim dentro de mim.

Levantou e abaixou novamente, me engolindo e massageando meu pau como só ela sabia fazer. Ela gemia quando sentia que havia me engolido todo e repetia. Começou devagar, suave e foi intensificando até avisar:

- Vou gozar... safado... olha o que você faz comigo... vem meu puto...

Tudo nela me deixa louco, mas o melhor é que ela delira de prazer junto comigo. Uma mulher e tanto.

Mas a vida continua...

Foi um fim de semana maravilhoso e de muita sacanagem, mas que acabou. Quando acordei na segunda feira ela havia posto à mesa para o café da manhã e deixara o seguinte bilhete:

"Amor (terceira vez que me chamava assim), preciso ir trabalhar. Não te acordei porque você dormia tão lindo, que não quis perturbar teu sono. Fiz o café e algumas coisinhas que estão no forno. Mais tarde ligo para você. Beijos da sua... putinha"

Talvez eu devesse ficar preocupado, mas fiquei contente com aquele bilhete, quase encabulado. Resolvi tomar o café e trabalhar. Havia um logotipo de um produto para terminar. Fui para o ateliê, de olho e ouvido no telefone.

Quando dei por mim eram quase 8 horas da noite e o trabalho estava pronto. Não era novidade passar tantas horas trabalhando, mas ela não ligara. Por algum motivo tolo, resolvi não ligar para ela. Paciência. Deveria ter paciência, falava para mim mesmo em voz alta.

Passou pela minha cabeça que ela não ligaria, mas aquele bilhete era uma declaração de amor, ou não? Seria só para me enrolar?

Preparei algo para comer, abri uma lata de cerveja e fui assistir a um show em um DVD. Era melhor não pensar nela. Mas como fazer isso? Meu bom-companheiro, principalmente ele, não deixava. Dormi no sofá da sala e acordei pela manhã com o telefone fixo tocando.

- Oi amor! Te acordei? - ainda estava com sono e mal respondi - Não consegui ligar para você ontem, seu telefone só dava fora de área. Aconteceu alguma coisa? Está tudo bem?

- Está sim – respondi olhando para o celular morto, sem bateria.

Não me lembrava de ter dado o telefone fixo para ela, mas me lembrou que quando liguei para a loja um dia, ela anotara o número em um papel, mas que o deixara lá.

- Que bom que está tudo bem. Fiquei preocupada – ela falava sem pausas - Sabe aquela minha amiga que mora longe? Pois ela apareceu lá em casa na maior deprê justo quando eu ia sair e não quis deixa-la sozinha – me explicou – Fiquei conversando e acalmando ela enquanto te ligava, mas você não atendia – e com uma voz que parecia aliviada – Achei que tinha acontecido alguma coisa.

Passei o dia trabalhando no ateliê e apesar de olhar o tempo todo para o celular na minha frente, não reparei que estava ficando sem bateria. Depois foi aquilo de ficar chateado mesmo e deixei o celular de lado. Acabou sem bateria.

- Ficou chateado por não ter te avisado? – perguntou com voz de culpa.

- Claro que não – menti sem vergonha alguma – achei que estava ocupada com alguma coisa.

Se era verdade, ela estava mesmo, mas mudou de assunto e começou um diálogo quase romântico.

- Estou com muita saudade... Posso passar a noite aí?

- Claro, também estou, sem problemas! – respondi me amaldiçoando por não ter percebido o bendito telefone sem bateria.

- Então, chego lá pelas nove. - e desligou.

Por volta de oito e meia, já estava na varanda, de onde poderia vê-la chegar.

Distraí-me olhando o nada e quando reparei, ela já estacionava o carro. Fui até o estacionamento. Assim que me viu, pulou no meu pescoço e me deu um beijo demorado.

- Estava morrendo de saudades! - falou.

- Eu também. - disse.

Subimos a pequena ladeira para minha casa, abraçados. Quando chegamos à porta, não coloquei a chave na fechadura para abri-la. Ela olhou curiosa para mim. Meus olhos grudaram nos dela.

- O que é? - me pergunta sorrindo.

Fiz um pouco de silêncio antes de responder.

- Tira a roupa! – não sei o que me deu.

- Aqui? – perguntou com um sorriso no rosto.

Não havia acendido a luz do lado de fora da porta. As luzes baixas do estacionamento criavam uma certa penumbra.

- Aqui. - respondi com as piores das intenções.

- Se você não se importa que vejam sua namoradinha...

- Minha putinha! – A corrigi, que sorriu ainda mais e continuou.

- ...sua putinha pelada na porta da tua casa, eu também não me importo. - disse me entregando o casaco.

E continuou tirando a roupa, me entregando cada peça, uma por uma, até ficar completamente nua.

- Assim está bom? - perguntou mostrando seu corpo nu.

- Maravilhosa! - respondi me abaixando para beija-la entre as pernas. Ela apoiou-se na maçaneta.

- E se alguém nos vir? - perguntou.

- Homem ou mulher? - perguntei sacanamente.

Ela não respondeu. Não sei se sem querer ou de propósito, apenas gemeu e me deixou lambê-la e colocar meus dedos dentro dela. Podíamos ser vistos. Provavelmente havia alguém nos vendo escondido. Por algum motivo isso me excitava e falei:

- Acho que tem gente nos vendo! – e voltei a chupá-la.

- Deixe que vejam – disse de olhos fechados entregue aos meus carinhos – devem estar gostando de ver o vizinho fodendo a namoradinha dele.

- Fodendo a minha putinha. – corrigi outra vez.

- Sua putinha... toda sua... só sua... – e gemeu gostoso.

Gemeu e abriu a porta. Por um instante a luz do hall nos iluminou. Ela nua, eu abaixado entre suas pernas, com uma delas em meu ombro. Era uma delícia chupa-la e a fiz gozar ali mesmo, agora iluminados e mais visíveis. Ela gemeu e disse:

- Que ótima recepção!

Me empurrou para dentro de casa, tirando minha camiseta, minha bermuda e avisou:

- Agora eu vou te comer!

Me fez deitar no chão e ficando em cima de mim:

- Agora olha como eu te engulo! - e engoliu meu bom-companheiro com seu sexo, a gulosa.

No conjugado dela

No dia seguinte a levei ao trabalho. Gostava de estar com ela também nessas situações bobas. Precisava fazer algumas coisas pela Zona Sul e, depois que ela terminasse o expediente, combinamos de nos encontrar depois em um barzinho.

Eu estava no segundo chope quando ela chegou:

- Preciso passar lá em casa. Vem comigo? - convidou.

- Você não tinha dito que não ia me levar lá?

- Falei isso? Só não repara a bagunça.

Fomos para o apartamento dela, em um prédio "típico" de Copacabana, ou seja, inúmeros apartamentos minúsculos por andar. Corredor longo, com várias portas, quase uma ao lado da outra, me fazendo crer que o apartamento seria mesmo bem pequeno.

- Nada de travessuras! - disse quando entramos no elevador - O prédio aqui tem muita gente e câmeras.

Aproximei-me e a imprensei contra a parede do elevador e a beijei. O elevador parou e uma velhinha com ar de puritana, com um prato enrolado em um pano, entrou e olhou com cara de poucos amigos para nós. Ao sairmos do elevador, teria me perdido se não estivesse com ela, tal a quantidade de portas. O dela era no meio. Entramos.

- É aqui! – disse abrindo a porta – Pequeno, mas um lar.

O apartamento era minúsculo, mas bem transado. Ao invés da cama, um sofá que parecia confortável. Ela me ofereceu uma torta, que recusei, e pediu licença, pois tinha que lavar algumas coisas. Foi para o banheiro com uma bacia de roupas me deixando vendo uma TV pequenina. Além do sofá havia um armário, uma pequena mesa à direita e uma porta dupla que imaginei ser a cozinha, não onde era a cozinha, mas a própria. Depois de um tempo, veio até a sala e me deu um beijo:

- Espere um pouquinho, que eu vou tomar um banho e já volto. - E foi.

Acendi um cigarro e fiquei assistindo a "micro" TV. Ela saiu enrolada em um roupão.

- Você gostaria de ver uma coisa? - perguntou um tanto misteriosa.

- Depende, o que é?

- Promete que não vai me achar ridícula?

- Posso até prometer, mas o que é? - em vias de ficar chateado se perguntasse de novo.

- Fique aqui que eu já volto!

Como se eu pudesse ir a mais algum lugar. Pegou algumas coisas no armário, tomando o cuidado para que eu não visse o que era e voltou ao banheiro. Passados intermináveis minutos, ela abriu um pouco a porta.

- Pode acender esse abajur ao lado do sofá e apagar a luz do teto?

Fiz o que pediu. À meia luz a surpresa prometia ser boa, mas não tinha a menor ideia do que seria, ou talvez soubesse, mas não queria estragar o suspense.

Assim que sentei outra vez, ela saiu do banheiro. Meu coração disparou ao vê-la. Meu bom-companheiro se assanhou.

- Gosta? - perguntou já no meio da sala.

Ela estava de lingerie. Não qualquer lingerie, era uma daquelas de sonho erótico ou de filme pornô. Scarpin preto alto, meias pretas, ligas, um espartilho divino e até luvas pretas. Como não gostar?

Ela ligou um pequeno aparelho de som e começou a desfilar pela sala.

- Sou tarada por lingerie! - disse se alisando. - Parece coisa de homem, mas eu adoro usar as mais eróticas.

Minha namoradinha, ou melhor, putinha, você é a garota dos meus sonhos! Pensei, mas não falei nada apenas a olhava. Ela começou a dançar e eu reparei no famoso espelho na porta do armário, ao meu lado.

- Diz se eu fico bonita! - pediu

- Você fica linda! - nem sabia o que fazer, afinal era o show dela.

- Alguma mulher já desfilou assim para você?

Muitas, mas preferi mentir.

- Tão assim não!

- Alguém já desfilou só de lingerie para você?

- Nunca assim tão sensual! - e isso era verdade. Ela segurou seus seios e se debruçou para mim.

- Você quer que eu faça um striptease completo só para você? - disse com a voz sensual.

Apenas balancei a cabeça. Ela foi rebolando ao som e o aumentou.

- Música de strip! - anunciou começando a dançar.

Ela era demais. Tudo o que eu sempre quis em uma mulher. Já havia encontrado pedaços dela em outras, mas tudo em uma só era o máximo. Ela tirou as luvas. Havia um imenso prazer em cada gesto. Estava muito erótica. Puxou a única cadeira do apartamento e se sentou para tirar os sapatos. Havia tanta experiência em seus gestos que pensei se já não teria feito isso em uma boate, o que inexplicavelmente me excitou ainda mais, mas havia também um prazer não característico das putas. Tirou as meias e calçou novamente os sapatos, como manda o polêmico livro na minha estante. Trouxe uma meia para mim e colocou-a em volta do meu pescoço. Dançou e foi tirando o corpete. Nua, apenas de scarpin, merecia aplausos e aplaudi. Curvou-se agradecendo e:

- Sabe que estou molhadinha?

Eu imaginava isso.

- Alguma mulher já se masturbou para você?

Gelei. Não, nunca isso tinha acontecido antes. Não precisei responder.

- Pois essa aqui vai fazer isso na tua frente! - disse alisando seu sexo - Mas vou querer ver seu pau!

Abri minha calça rapidamente e trêmulo de tesão, coloquei-o para fora. Ela sentou de pernas abertas na cadeira e chupou os dedos antes de se tocar. Meu Deus, essa mulher é completamente louca! Que delícia. Uma vadia deliciosa. Ela massageava seu sexo com sofreguidão. Vez por outra enfiava um dedo dentro e delirava. Como delirava de prazer. Não havia como resistir e me toquei. Ela sorriu.

- Isso, bate uma punhetinha para tua putinha.

Ela alternava velocidade, ora lenta, ora rápida. Estava realmente fazendo amor com ela mesma. Jogou os sapatos longe e enroscou as pernas na cadeira, segurando o acento com uma mão enquanto a outra, bem, a outra massageava seu clitóris.

- Tira sua calça. - mandou.

Tirei meus sapatos e sem me levantar tirei-as.

- Delícia meu homem nu se tocando para mim... por mim. - disse acariciando seus seios com a mão livre.

Ela sentara na pontinha do assento e seus gemidos foram ficando mais fortes até que começou a gozar.

- Não goze! - gritou quando percebeu que eu não aguentaria mais e depois de outro espasmo, pulou na minha direção e abocanhou meu pau – goza na cara da tua putinha.

Não precisava mandar. Gozei na cara dela.

Ficamos na mesma posição um bom tempo. Eu acariciando seus cabelos, seu rosto melado nas minhas pernas. Não dissemos uma palavra, até ela quebrar o silêncio:

- Vamos dormir aqui?!

Puxei-a e a beijei. Seu corpo estava mole, completamente relaxado. Deitamos no sofá e deitado mesmo terminei de me despir. Dormimos abraçados. Acordei no meio da noite quando ela levantou e foi ao banheiro. Quando deitou de novo ao meu lado perguntou:

- Você gosta de mim? - era a pergunta que eu mais temia. Eu mesmo não sabia, mas teve outra - Me acha muito louca?

Como dizer que não se gosta da loucura que se procurava? Mas a preocupação era de onde essa loucura toda iria nos levar?

- Gosto muito de todas as nossas loucuras! – respondi.

Ela me abraçou se aninhou e dormimos o resto da noite.

No dia seguinte, ela preparou um café simples para nós. Por incrível que possa parecer era a primeira vez que me sentia íntimo dela, não apenas um cara que encontrou por aí.

- Foi a primeira vez que fiz aquilo de ontem para alguém! - disse quase tímida.

Eu podia compreendê-la melhor do que ela imaginava também fora minha primeira vez.

- Gostei muito! - falei com sinceridade - Aquela lingerie era digna da mais doida fantasia sexual.

- Adoro isso! - concordou com um sorriso - Gosto de lingerie sexy, de calcinhas minúsculas, mas também de não usar nada. Vou te surpreender muito!

- Tomara!

Ela tinha que trabalhar e como ela estava sem o carro, deixei-a na loja e fui para casa. Fiz o trajeto meio torpe, ainda estava um pouco como que de porre. Ela não me saía da cabeça.

Só nos falamos no dia seguinte, quando me ligou da loja.

- Com saudades? - perguntou.

- Muita! - respondi entregando um ouro que não queria.

- Vem me buscar na loja no final do dia? Meu carro ainda não aprendeu a voltar sozinho para casa – disse rindo da própria piada.

Eu queria vê-la. Estava ficando obcecado pela sua imagem. Não resisti e fui até à loja antes, na hora do almoço, quando há mais movimento. Entrei e ela não me viu. Estava apetitosa com um vestido curto de alcinhas. Atendia um senhor. Quando me viu, já estava ao seu lado me passando por um freguês. Perguntei por um autor qualquer e ela me levou até um balcão. Enquanto procurava, falei para que só ela escutasse:

- Estou com vontade de levantar essa sua saia e te comer agora, com você debruçada nesse balcão!

Ela sorriu discretamente, mexeu os quadris e desafiou:

- Come! - e deu de costas para mim.

O outro vendedor da loja talvez tenha percebido a manobra, pois se aproximou imaginando que eu a estava importunando, como depois ela me contou. O cara não deve ter entendido nada, pois ela oferecia seu decote para que eu visse seus peitinhos, dava umas "estranhas" e gostosas roçadas. Foi o sarro menos sarro que já tirei. Acabei comprando um livro de Oscar Wilde que acabara de chegar e fiquei por lá lendo e tomando café na lanchonete da própria livraria até a hora dela sair.

Demos uma passada rápida na casa dela.

- Me espera aqui no carro que não demoro. – me deu um beijo e entrou na portaria. Realmente não demorou.

- Deixei as coisas separadas na porta – disse quando entrou novamente no carro.

Fomos para minha casa e no trajeto ela me perguntou por que não a comi na loja.

- Você podia ter me pego lá. – disse rindo.

- Estava muito cheia – falei alisando suas pernas – você acabaria perdendo o emprego.

- É verdade, mas seria uma foda bem gostosa assim no meio das estantes – ela parecia estar pensando seriamente nisso – Vacilei, deveria ter te levado para o depósito. Ninguém perturba por lá.

Quando chegamos em casa, depois dela colocar suas coisas no closet, veio para a sala sem trocar o vestido e retomou o assunto da foda na loja:

- Já imaginou que cena? – falou – Não acha excitante em um lugar proibido?

Ela ficou pertinho de mim no balcão que dá para a cozinha e colocou sua mão sobre meu peito, por cima da camisa.

- Pior que imaginei sim – falei pegando sua mão, mas você seria demitida.

- Ah, mas só se nos pegassem. - respondeu a sacana – do jeito que são os intelectuais que frequentam lá, talvez até aplaudissem.

Ela se virou e encostou no balcão. Aproximei-me e agarrei-a pela cintura.

- Seria assim? - e virei-a de costas e encostei meu bom-companheiro na sua bundinha.

- Ui... Qual livro o senhor quer? – perguntou entrando na brincadeira.

- Aquele ali atrás! - falei.

Ela se debruçou sobre o balcão fingindo buscar pelo livro imaginário, enquanto eu levantava sua saia e descobria uma bela surpresa. Nada de calcinha.

- Que linda! - exclamei.

- Todinha para você - ofereceu com um rebolado - se quiser procurar mais no fundo...

Transamos ali em pé, vestidos, eu por trás, ela se agarrando no balcão e foi ótimo. Isso é que era incrível. Ela aproveita situações do dia-a-dia. Coloca sexo em tudo. E eu adoro.

Confissões e dúvidas

Depois que ela foi embora no dia seguinte, passamos a semana sem nos ver, até a sexta-feira, mas nos falamos todos os dias mais de uma vez. Eu tinha várias coisas em que trabalhar e ela andou próxima de um resfriado, mas não só disse que eu não precisava ir lá, como já estava melhor na sexta e no horário de costume apareceu.

Fomos jantar fora, mas no meu carro. Eu consertara os pneus. Decidi trocar todos os quatro e colocar o menos pior como estepe, para não ter mais problemas. No restaurante, enquanto aguardávamos servirem o pedido contou que:

- Estou adorando estar com você, meu lindinho. – e meu deu um beijo suave.

- Também estou gostando de estar com você – disse retribuindo o beijo e abraçando-a.

- O que mais você gosta?

- Como assim?

- Em matéria de sexo, meu lindinho.

- Nem sei... gosto de tudo o que fazemos. Por que?

- Porque eu quero fazer tudo o que você quiser. – disse se aninhando em meu abraço – você não me chama de tua putinha?

- Chamo...

- Pois eu quero mesmo ser a tua putinha!

Ela merecia um beijo caprichado e o dei, ela desceu sua mão entre as minhas pernas, alisou meu pau sob a calça e perguntou:

- O que você quer que eu faça para você ter certeza que sou tua putinha?

Fiquei ali pensando, não no que ela disse, mas naquela dúvida sobre a sinceridade dela. Eu acompanhava sua vida, mas o sumiço aquela noite, que pode ter sido como disse ou não, acreditava, mas uma parte de mim não. Seria ela uma profissional querendo aplicar algum tipo de golpe para cima de mim? Sei lá, minha cabeça estava confusa com esses pensamentos todos passando, ao mesmo tempo em que me sentia bem com ela, bem com tudo o que fizemos.

- Já transamos na varanda, na avenida... – ela começou a lista do que já havíamos feito - ...já fiz striptease, me exibi para o entregador... – a lista era mesmo grande.

Eu ia falar sobre ela sempre se exibir para mim, quando perguntou:

- Quer me ver com outro homem...

Levei um susto e acho que até prendi a respiração, mas ela continuava:

-...outra mulher, um casal? Qual a tua fantasia que vamos realizar?

- Como assim? Transar com outras pessoas?

- Ué bobinho – saiu do meu abraço e me olhou nos olhos – aquele dia você colocou um pornô de dois caras comendo uma mulher e falou que queria fazer comigo.

Caramba, eu não lembrava disso. Mesmo.

- Falei? – quando foi isso?

- Tesão, foi no dia em que demos aquela volta a pé pelo condomínio. Você encontrou seus vizinhos, me apresentou a eles e quando voltamos para casa, você colocou um pornô. – eu não lembrava de nada disso – Nós assistimos ali no sofá, nos beijando e você falou que teríamos que fazer o que eles fizessem. Não lembra?

Lembrava vagamente e ela percebeu minha confusão.

- Quando o outro cara chegou no quarto de surpresa, e pegou o casal transando e se juntou a eles, você me perguntou quem íamos chamar...

Nossa, o que aconteceu comigo de apagar assim uma noite de sexo? Não só de sexo. Apaguei completamente uma noite que teve até passeio pelo condomínio. Não podia dizer que não lembrava daquela noite. Ela iria pensar que havia algum problema grave e era só um esquecimento bobo.

- Menina, acredita que eu lembro vagamente? – menti.

- Nossa, você ficou tão empolgado com a ideia. – e voltando a se aconchegar em mim – me deixou assadinha depois.

- Lembro da foda, mas não lembro do filme. – menti outra vez.

- Huummm... você está fazendo isso para assistirmos outra vez.

Eu dei um risinho besta, concordei e perguntei:

- O que mais você gostou naquele filme?

- O que você nem lembra? – deu um risinho e – sei lá, achei a cena das duas mulheres muito sensual. Teve tudo o que eu gosto, beijos, carinhos e sexo, muito sexo.

Falar e imaginar sobre ela com outra mulher era realmente algo que me excitava e não resisti:

- Você ficaria com outra mulher? – ela apertou meu pau e

- Se você gostasse de me ver com ela, ficaria sim.

Meu pau deu um pulo e ela brincou comigo segurando-o, como se estivesse impedindo ele de rasgar minha calça, que era o que parecia que ia acontecer:

- Já te falei que faço tudo o que te der prazer.

Pensei sobre aquilo, aquela abnegação e quis saber se:

- Mas você gostou dos dois caras pegando aquela mulher, não gostou?

- Claro que gostei – respondeu acariciando meu pau sobre a calça – eles pegaram ela com força e aquela atriz parecia que estava gostando muito.

- Você também gostaria? – perguntei acariciando seus cabelos.

- Depende de como eles me pegassem, mas um deles tinha que ser você.

- Então você gostaria de estar com dois homens?

Ela novamente se afastou, me olhou e perguntou bem séria:

- E você? Você gostaria de transar comigo e com outro homem?

Fiquei pensativo e pensei que ela devia ser mesmo uma garota de programa e como tal, não merecia que a levasse a sério e provoquei:

- Gostaria sim.

- Então eu faço. – me deu um beijo e – Faço qualquer coisa para te dar prazer. – frisando bem o "qualquer coisa" - Se isso te der prazer transo com outro homem!

- Já sei que você faz tudo o que eu te pedir, mas isso não é ir um pouco longe demais? – perguntei ficando estranhamente excitado com a ideia.

- Não! - respondeu convicta - Se você quiser e se te excitar tanto quanto você está agora, transo com outro homem na tua frente!

Essa era uma fantasia dela? Ser submissa a tal ponto? Ou era uma fantasia minha? Já havia feito muita coisa, mas nunca vira uma namorada minha transando com outro cara. Será que seria excitante? Porque eu estava tão excitado com a ideia dela? Dela? Eu conduzi o assunto sem perceber. Eu estava excitado com a proposta. Me precipitei... ou não?

- E com um casal? – falei e senti que me precipitei.

- Até com um casal se te der prazer!

Desse jeito ficava difícil comer.

- Chega! – meu estado de excitação estava chegando no limite estava a ponto de jogá-la em cima da mesa e a foder ali mesmo - Não resisto, nunca conheci alguém como você! - tive que confessar.

- E nem vai conhecer! Sou única.

Ela tinha toda razão, e era exatamente isso que me preocupava.

O garçom trouxe nosso pedido e o resto do jantar transcorreu entre muitos olhares furtivos, cheio de segundas intenções a cada garfada.

Enquanto voltávamos para casa, o que ela falou no restaurante ficou ecoando na minha cabeça. Será que ela não era profissional e que tanta técnica, tanta disposição, não passavam de um sinal disso? Era uma hipótese que não fechava na minha cabeça. Dúvidas!

Em casa, já entramos nos pegando, tirando a roupa um do outro, ficando nus antes mesmo de chegarmos no quarto, na cama e foi quando deixei vir à tona tudo o que havíamos conversado. Enquanto trepávamos eu falava que um amigo nosso estava ali do lado esperando para ela o chupar, que a mulher dele a acariciava e gozamos intensamente imaginando outras pessoas presentes em nossa foda.

Apesar do sexo maravilhoso e intenso, fazíamos um par romântico. Gostávamos de ir à boate e dançar. Certa vez enquanto dançávamos, ela se encostou perigosamente a mim, roçou seu corpo no meu e na mesa, bem no fundo da boate, a mão dela logo "caíra" entre minhas pernas. "Bobamente".

Ela abriu minha calça, pegou meu bom-companheiro com as mãos e de repente debruçou-se e começou a chupá-lo. Eu ali na maior cara de pau, morrendo de medo e tesão de que alguém visse, mas não era nem com ela. A aproximação do garçom a afastou um pouco de suas atividades, logo a seguir retomadas. Quando o bom-companheiro estava de bom tamanho, ela sentou-se abraçada comigo, mas sem largá-lo.

- Você vai gozar na minha mão!

Soou como uma metáfora, mas a sem vergonha conseguiu seu intento. Enchi sua mão, o que ela adorou. Passou um bom tempo brincando com a coisa na mão até limpa-la com um guardanapo.

Voltando para casa, já no carro ela quis saber:

- O que você mais gosta que eu faça para você?

- O café da manhã! - brinquei.

- Não é isso! Estou falando de sexo, bobinho. Do que mais gosta? - insistiu.

- Gosto de como fazemos tudo, ora! - não entendi ou temi aonde ela queria chegar.

- Quero saber do que você gosta que eu faça, de como você gosta de me ver...

- Adoro as nossas fantasias, brincar com elas e realiza-las.

- Mas tem alguma que você goste mais?

- Bem, gosto quando você se exibe e adoro seus strips! Na verdade, sou louco por strip-tease, acho que é o que há de mais sensual para uma mulher fazer para seu homem.

- Por isso o livro?

- Ciúmes?

- De um livro? Não seja bobo! Dei uma folheada nele e achei legal.

- Mas porque você insistiu tanto, pura curiosidade?

- Não, queria saber mesmo. - e chegando-se junto de mim - Vou fazer todo tipo de strip-tease para você. - e num tom mais casual - Nunca fui a uma boate de strip, você me leva?

Claro que levaria. Assinávamos mais uma cumplicidade, mas não pararia por aí.

Fomos namorando, um namoro que não chamaria de convencional, não havia muita loucura, a não ser fantasias, mas muito, muito sexo mesmo, sempre do bom.

No motel

Levei-a no vernissage de um amigo, mas ao contrário do que costuma acontecer, foi um dos eventos mais chatos que já tinha ido. Extremamente formal, no Museu de Arte Moderna e talvez por causa da presença de umas tantas autoridades, o traje obrigatório era terno. Eu estava de saco cheio, mas ela não estava nem aí, gostou de tudo. Parecia no mundo da Lua. Quando começou a falar pensei que comentava um dos quadros, mas não:

- Sabe que não sei qual é a graça daquele negócio da capa.

- Que capa?

- Do tarado que abre a capa e se mostra!

- Exibição!

- Mas não sei qual é! Um dia você podia usar uma capa dessas sem nada por baixo para eu ver.

- Larga dessa!

- O que é, ficou tímido de repente?

- Meio bobo isso!

- Mas eu queria! - pediu com voz chorosa - Sabe o que eu faço, se você fizer isso para mim?

- O que?

- Me visto de colegial e dou minha bundinha para você!

- Proposta anotada. O taradão da capa em breve atacará, mas precisamos fazer algo para salvar a noite.

Ela concordou em gênero e número, passávamos na porta de um motel e embiquei o carro para a entrada.

Entramos na suíte. Era nossa primeira vez, juntos, bem entendido. Ela olhou em volta aprovando. Pedimos um vinho e depois que o garçom se foi, olhou para mim, sorriu e pediu:

- Tira a roupa para mim?!

Achei que não tinha entendido, mas ela repetiu e explicou:

- Faz um strip para mim, desde que você colocou este terno fiquei imaginando você se despindo para mim!

- Não sou bom nisso! - ponderei - Você que é a deusa dos strips.

- Faz para mim! - pediu em súplica.

Muito sem graça concordei. Afinal não havia por que ter vergonha. Ela sentou-se na cama me observando. Eu nem sabia por onde começar, mas fui pelo começo, dançando um pouco, abri o paletó e tirei-o e jogando-o para ela. Bem sério, tirei a gravata e passei pelo pescoço dela puxando-a para um beijo. Deixei-a brincando com a gravata enquanto desabotoava a camisa.

- Gostoso! - disse quando tirei a camisa - Fica peladinho para mim!

Tirei os sapatos e devagar fui abrindo a calça. Ela colocou a mão sobre seu sexo, alisando-o como uma promessa. Joguei a calça para o lado e ela sentou-se nos pés da cama, vestido levantado, calcinha para o lado, olhar fixo.

- Me chupa! – pediu ou ordenou?

Ajoelhei-me a seus pés entre suas coxas e com minha língua brinquei com seu clitóris, bem do jeito que ela gostava. Ela segurava meu cabelo e entre gemidos revelou mais uma fantasia:

- Tá todo mundo olhando!

Entrei imediatamente no jogo:

- Claro, uma mulher gostosa como você sendo fodida chama a atenção.

- Mas assim no meio da festa, em cima da cama do dono da casa? – delirou.

- Porque não? Ele está adorando te ver! Mostra seus peitinhos para eles!

As palavras no plural soavam como afrodisíaco para ela. O vestido voou longe e me puxou para mais junto, para dentro para ser preciso. Mas recuei. Peguei a garrafa de vinho.

- O que você vai fazer com isso? – perguntou quase que chateada.

- Um brinde a nossos anfitriões! – e despejei o vinho sobre ela. – Agora todos aqui vão chupá-la.

E foi uma loucura.

De volta ao lar

Geralmente ela ficava a semana em Copa, no apartamento dela, às vezes nos víamos e eu ficava com ela, no minúsculo conjugado sem vista, com prazer, mas sempre, todo final de semana ela ia lá para casa. Chegava na sexta e ia embora na segunda. A seu pedido, passei a fazer as compras aos sábados, com ela. Ela assumira a despensa, escolhendo produtos mais saudáveis, legumes e frutas frescas, pouco carboidrato e mais proteínas e vitaminas.

Eu gostava desses momentos, porque me faziam sentir como um casal normal, não apenas unido na cama e no sexo. Parecíamos como vários outros que estavam por ali, mesmo que ela me provocasse algumas vezes se exibindo e até se oferecendo entre as gondolas, não chegamos a fazer nada no mercado. Fazíamos em outros lugares. Ali era como se fosse um santuário.

Quando chegávamos em casa, ela me ajudava a carregar as compras e a distribuir pelos armários. Arrumávamos tudo enquanto tomávamos um vinho ou uma cerveja.

Num desses dias, terminamos de arrumar tudo e ela foi para a varanda enquanto eu enxugava a pia e a observava à distância. Olhava para além da piscina, a luz do Sol contra seu corpo, atravessando o fino tecido do vestidinho solto que usava, destacando seu corpo. Quanto mais a olhava, mais gostava do que via. Ali, descalça, o Sol mostrando seu corpo pra mim, estava irresistível.

Cheguei por trás e me encostei-me à sua bundinha. Beijei seu pescoço e mordisquei sua orelha. Ela apenas deu um gemido e arrebitou a bundinha. Abracei-a forte e beijei sua orelha.

- Me fode! - pediu, apoiando um joelho no assento de uma das cadeiras.

Tirei a bermuda e aproximei meu bom-companheiro, colocando-o entre suas coxas. Logo descobri que ela estava sem calcinha. Ela ajeitou-se: subiu na cadeira, ficando de joelhos sobre ela, com o vestido todo levantado, a bundinha de fora, rebolando e me provocando:

- Me fode, meu gostoso.

Seria até uma foda romântica, mesmo na varanda, mas debruçada na cadeira, já com meu pau na sua bucetinha por trás, ela me disse:

- Eu acho que tem alguém olhando pra nós naquela casa lá embaixo à direita. – com voz suspirante.

Firmei os olhos e percebi que lá na casa do seu Jair, havia mesmo alguém na varanda do quarto nos vendo.

- Acho que ele está com um binóculo! – me disse.

Ela tinha uma visão de águia, porque não conhecia enxergar esses detalhes, muito menos que era um homem e ainda por cima de binóculo.

- Como você sabe disso? – perguntei.

- Ele está esfregando a mão entre as pernas e o binóculo... você não enxerga que ele está de binóculo?

Eu não enxergava nem isso. Não era tão perto assim. Apesar de achar que sabia a resposta, tive que perguntar a ela:

- Vamos para o quarto, gatinha?

- Não – ela nem pensou – não vamos decepcionar nosso fã, vamos?

E deu uma reboladinha deliciosa fazendo meu pau se encaixar ainda mais fundo e me arrancando um gemido.

- Não gosta de saber que estão nos vendo? – me perguntou.

- Gosto – respondi me movimentando por trás dela, que deu um jeito de passar os braços pelas alcinhas do vestido e desnudar seus seios.

- Presentinho pro nosso fã – disse toda safada – pega neles – me pediu.

Segurei um dos seus seios e com a outra mão puxava seu cabelo e não deixava de meter, tirar e meter.

- Isso meu puto... fode tua putinha... exibida.

E eu fodia mesmo. Como fodia. Uma delícia aquele corpo se entregando aos meus carinhos, às minhas carícias, ao meu prazer, ao nosso prazer.

- Vai meu tesão... fode com força tua putinha... fode... mostra pra ele como a gente goza gostoso...

Eu metia, puxava, acariciava, metia, alisava, metia, dava tapas na bundinha dela e quanto mais eu fazia, mais ela rebolava, mais puta ela ia ficando até pedir:

- Me enche de porra... goza na minha buceta... meu puto... Ahhhh

E ela começou a gozar intensamente, jogando seu corpo para trás, até meu pau entrar todo nela até as bolas baterem em seu sexo, sentindo sua buceta se contraindo e me prendendo dentro dela.

- Goza meu puto... goza pra tua vadia exibida.

Posar, pintar e...

Num desses finais de semana, eu limpava uns pincéis no ateliê e ela, olhava umas telas e esboços espalhados. Pegou alguns nus e perguntou:

- Quem é?

Olhei rápido e voltei aos pincéis:

- Uma modelo da Escola de Belas Artes.

- Elas ficam peladas mesmo como mostram os filmes? – quis saber.

- Ficam sim, - respondi casualmente.

- Vocês não ficam de pau duro?

Tive que rir. Ela riu também, mas olhou outros e por fim um quadro óleo, colorido de outro nu.

- É a mesma mulher? – perguntou olhando dois desenhos.

Olhei para conferir e confirmei.

- É sim. – ela olhou novamente a pintura e os desenhos.

- Você só pinta ela pelada? – me perguntou eu ri e respondi

- Você pegou desenhos ainda da escola. Ela era a modelo mais constante, mas tinha outras e outros.

- Mas esse quadro é recente. Você assinou e datou.

- É sim, foi ano passado.

- Huummm... quer dizer que você ainda viu ela pelada no ano passado!?

Ver Valéria pelada não é privilégio de ninguém. Ela vive posando nua e está sempre nas escolas de arte e também faz pontas em comerciais...

- Tá sempre pelada por aí? – perguntou quase com ciúmes.

- Mais ou menos – ri e fui até ela – Porque? Minha namoradinha está com ciúmes?

- Ciúmes, eu? Tá doido. – e riu também – comeu ela?

- Comi sim. Ano passado mesmo, logo depois de posar pra esse quadro. – falei sinceramente.

- Quando você vai me pedir pra posar nua pra você?

- Nesse exato momento! - nos beijamos, acariciei seu corpo com ambas as mãos.

- Vai me pintar e depois me foder bem gostoso?

Tirei o vestido e abocanhei seus seios.

- Vou te foder e depois faço um retrato seu.

- Nua – disse enquanto eu abria suas pernas – de corpo inteiro, pra colocarmos na cabeceira da cama, em cima... ai... isso... assim... fode... tesão de pau... fode vai...

Por que não?

Eu estava procurando um filme para assistirmos em uma tarde sem praia e insossa. Ela estava no sofá ao meu lado, com o notebook no colo olhando ou pesquisando alguma coisa quando me perguntou à queima roupa:

- Já transou com uma dessas garotas de programa?

- GP? Não! Por quê?

- Tem muitas páginas na internet delas!

- E daí?

- Tem cada uma mais bonita do que a outra. Será que são essas aqui mesmo ou essas são modelos e quando você chama aparece uma outra nada parecida?

- Sei lá, como é que vou saber?

- Deve ser bem estranho. Diz aqui que atendem a domicílio e hotéis, executivos e casais!

Não falei nada, nem dando muita atenção a ela.

- Vamos descobrir? Posso ligar para lá? - perguntou se debruçando sobre mim.

- Como é? – perguntou sem entender mesmo.

- Podíamos chamar uma, só para ver como é!

- Tá doida? Que ideia chamar uma puta.

Não sei porque eu falei aquilo. A ideia me excitava muito. Ver minha putinha com outra mulher era uma proposta muito boa, mas ao mesmo tempo, não me agradava. Talvez por ter que pagar para fazer transar.

- Você não disse que queria me ver com outra mulher – disse ficando perigosamente perto de mim – então essa vai ser uma ótima oportunidade. Não precisamos convencê-la, como teríamos com uma amiga. Basta escolher aqui no cardápio.

E virou a tela do note para mim já em um site, dos vários que ela estava vendo, em uma página específica, onde uma loura de coxas torneadas e bunda trabalhada em academia, exibia seu corpo. No topo estava escrito: Mara.

- Que tal essa? – me perguntou.

- Caralho, é um tesão. – minha resposta sincera saiu sem querer, mas foi sincera mesmo. A mulher era um espetáculo.

Ela apenas discou no celular para o número que estava na página. Caiu na caixa postal e ela enviou uma mensagem. Pouco depois alguém ligou:

- Tudo bem, obrigada... Isso, queria saber sobre o anúncio da Mara - disse olhando para mim – Ela mesma... sim eu sei... Nós somos um casal, tudo bem? – houve uma pausa e continuaram – Aqui em casa mesmo... Hoje... Pode ser... mas tem que vir bem vestida, talvez saiamos para uma boate... entendi. Posso pagar no cartão?

Falou meu endereço e desligou o telefone estava excitada.

- Marquei para essa noite!

- Desconfiei!

- Poxa, você não está animado?

- Estou, mas fiquei surpreso de você propor isso.

- Já te falei, faço tudo para dar prazer ao meu home – disse me beijando os lábios – tudo. – e acentuou o final.

- Com certeza é a fantasia de todo home, mas assim, proposto pela namorada, é algo que nunca imaginei. – falei tocando suas coxas e subindo minha mão.

A beijei, mas ela esquivou-se da minha mão.

- Não prefere deixar para resolver isso logo mais com nossa convidada?

Eu a peguei pelo cabelo, puxei-a para mim dizendo que preferia transar com ela agora e dispensar a puta, mas era a mais deslavada mentira. Quando ela se afastou até me senti aliviado.

- Mas eu não. Deixa esse tesão guardado e vai tomar uma ducha fria. Lá no chuveiro da piscina onde eu posso te ver. Nada de se masturbar, viu?

A contragosto tive que ir para o chuveiro e tomar uma ducha sob o olhar distante, mas vigilante dela. Brinquei fingindo me masturbar e até teria feito isso se a água gelada em contato com meu corpo não tivesse me contraído todo.

Não tinha explicação, nem boa nem ruim. Claro que é a fantasia da maioria dos homens, inclusive eu, mas nunca pensei que seria justo a minha namorada a tomar a iniciativa.

Voltei para a sala me enxugando e ela avisou que ia tomar banho, mas que eu ficasse longe do quarto para guardar todo o tesão para mais tarde. Ela voltou com um discreto vestido curto e salto e mandou que eu fosse me vestir. Estávamos os dois elegantes, como se fôssemos sair para jantar. Ela não se continha de excitação.

- Será que ela vem?

Bastou dizer isso e o interfone tocou anunciando nossa puta. Dei um tempo e fui abrir a porta. Era realmente uma mulher muito bonita e elegante, difícil imagina-la nesta profissão. Parecia uma publicitária.

- Sou Mara! - disse.

Afastei-me para que ela entrasse e observa-la melhor. De onde eu a conhecia? Que bunda linda. Minha namorada levantou-se para recebê-la. Trocaram dois beijinhos, sentaram-se e ofereci um drink, prontamente aceito. Enquanto eu preparava as bebidas, Mara tratou de puxar assunto. Um papo meio furado. Disse que estudava administração, etc. O mais difícil era como começar a coisa, mas ela tinha a prática.

- Vocês querem sair?

- Acho que não. - respondi olhando para minha gatinha – Podemos ficar por aqui mesmo – que concordou.

- Você gosta de dançar? - perguntou minha namoradinha.

- Adoro! - respondeu ajeitando os longos cabelos.

- Sabe do que eu gostaria

- Não, mas já adianto que eu faço! - respondeu com um cordial sorriso.

- Que ótimo. Bem, gostaria que você fizesse um strip-tease para nós!

Ela sabia o quanto eu gostava de ver uma mulher se exibindo, dançando, se despindo antes do sexo.

- Mas é claro! - e aproximando-se como contando um segredo - Eu adoro dançar e fazer strip... Onde vocês querem, aqui ou no quarto?

Minha namoradinha apontando para baixo disse:

- Aqui!

- Agora?

Um aceno positivo de cabeça dela e Mara levantou-se. Fez um rápido reconhecimento do espaço. A música até já era mais do que apropriada e as luzes também, mas ela tirou um pen drive de dentro da bolsa e pediu que eu o colocasse. Começou a ouvir a música e aos poucos a se mexer no mesmo ritmo e a dançar.

Nos torturou sensual e deliciosamente por quase uma música inteira. Mostrava o corpo, olhava para nós e somente na segunda música é que o strip começou para valer, mas devagar. Ninguém tinha pressa. Ela apenas abriu o vestido, que tinha um enorme zíper na frente, nós dois no sofá, de mãos dadas apreciando o show e ela demorou muito a tirá-lo, mas quando o fez deixou-o cair no chão e fomos recompensados com seu lindo corpo, com uma linda calcinha, sutiã, ligas e meias brancas. Uma puta bem elegante, mas pelo preço que estávamos pagando, tinha que ser mesmo. Continuou.

Minha namoradinha alisava meu bom-companheiro, por cima da calça, então Mara soltou a liga das meias e sentou-se para tira-las. Grandes pernas, maravilhosas coxas. Estava mais languida quando tirou o sutiã de costas para nós, ainda sentada e virou-se com os braços cruzados à frente dos seios, fingindo recato. Um pouco tradicional, mas quando nos deixou vê-los, que seios. A calcinha não escondia nada da sua bundinha e muito pouco na frente. Mara tirou-a e deixando-a cair, ficou completamente nua e começou a alisar seu corpo, passando as mãos pelos seios, entre as coxas, mas antes que dissesse alguma coisa ou prosseguisse, minha namoradinha levantou-se dizendo:

- Espere um pouco! Calce seus sapatos! – sua voz soou ríspida.

Mara parou, sem entender nada, como eu, mas a puta exalava charme até na surpresa. Colocou o scarpin enquanto minha gatinha pegava algo em uma sacola que deixara, estrategicamente, junto ao sofá e que eu não reparara. Tirou um pacote, desembrulhou e, aproximando-se de Mara, já calçada, ainda sentada e pediu:

- Quero que use isso! - e passou-lhe o que me parecia ser...

Logo vi o que era e ia perguntar de onde ela tirou aquilo. Só olhei pra ela, que sorriu de volta e entregou para Mara o falo duplo de borracha. Olhou-o como se fosse um de verdade e colocou, um dos lados na boca.

Colocou nada, ela passou a língua naquilo. Só que eu senti. Foi como se tivesse feito em mim.

Ela sabia o que fazia. Sabia que aquilo parecia como um controle remoto do meu pau. Minha namoradinha pegou o outro lado e fez a mesma coisa, passou a língua e olhava pra Mara e para mim. Sentia como se as duas me chupassem ao mesmo tempo. Não era bonito, mas as duas chupando aquilo eram lindas demais.

A safada da minha namoradinha, lambeu aquele pau de borracha, ou silicone, sei lá, olhou para mim com carinha de travessa e avisou Mara:

- Eu te ajudo a colocar!

O nome correto daquilo é strap-on, um falo, preso a algumas tirinhas que ajudavam a prendê-lo em uma mulher para penetrar outra... ou outro. Esse possuía duas imitações de pau presas pelo lado em que depois estariam as bolas. Nesse caso, Mara seria fodida por um, enquanto, provavelmente, minha namoradinha seria fodida pelo do outro lado. Que ideia da minha putinha.

Ela pegou aquele aparato, se abaixou e Mara com a mão apoiada no ombro dela, levantou um pezinho, muito sensual, por sinal naquele scarpin, e deixou que minha putinha a vestisse.

Não era simples como vestir uma calcinha, porque tinha aquele pau para enfiar e minha putinha alisou a buceta de Mara antes de introduzir o pau nela. Foi metendo devagar, mas com decisão, até estar todo nela e ajustou as tiras que prendiam aquilo à Mara.

Apesar de toda a sensualidade das duas, confesso que Mara, com aquele pau para fora, ficou parecendo um travesti desajeitado, porque não tenho certeza se aquilo era confortável, mas minha putinha, depois de enfiá-lo todo, quando Mara gemeu, perguntou:

- Machuca?

- Não... Huummm é enorme, é isso... Ui... é bom!

Não era desconforto. Era tesão mesmo. Minha putinha terminou de ajustar aquilo, sentada sobre as pernas no chão. Olhou para Mara segurando aquele pau na mão e começou a mexer nele para dentro e para fora dela, lentamente. Minha putinha safada estava masturbando nossa puta com aquele pau de borracha. Wow! Que show. Não era à toa que meu pau estava tão duro.

Mara não parecia fingir seu prazer, gemendo baixinho.

- Bom, não é? - perguntou minha putinha se levantando, se soltar o pau que penetrava Mara e ficando com os lábios tão próximos que já parecia um beijo.

- É...

Mara parecia engasgada, mas abrira as pernas. Minha putinha se ajoelhou na frente da puta, colocou-o na boca e prendendo-o com os dentes continuou a movimentá-lo. Mara gemeu e se contorceu em pé.

Minha putinha parou e, daquela mesma sacola, tirou uma gargantilha. Era mais como uma coleira que colocou em seu próprio pescoço. Ficou de frente para mim, de costas para Mara e, me olhando, levantou o vestido até ficar com a bundinha de fora. Me inclinei para olhar e não havia nada por baixo. Mara entendeu e colocou "seu" pênis entre as pernas dela.

- Você vai me comer? - perguntou à Mara.

- Todinha! - respondeu Mara segurando-a pela cintura.

- Vai meter tudinho em mim na frente do meu namorado?

- Até você urrar de prazer! - disse Mara segurando-a pelas ancas.

Ela me olhou com a carinha mais safada e o sorriso mais lindo do mundo, aproximou seu rosto do meu, apoiando as duas mãos nas minhas pernas e:

- Vai deixa essa puta foder tua namoradinha?

As palavras soavam como brasas e ela sabia disso. Há muito que eu alisava meu pau sob a calça. PÇeguei seu rosto com ambas as mãos e antes de beijá-la, falei:

- Fode essa putinha, Mara. Fode ela bem gostoso.

Minha putinha gemeu, enquanto Mara enfiava aquele troço nela. A cara de tesão era inconfundível. Minha namoradinha estava amando aquilo.

Ela mesma abriu os pouco botões que fechavam o vestido e deixou que Mara o tirasse com a minha ajuda. Ela lambia os lábios e:

- Delícia ser fodida e ver meu homem aqui na minha frente...

Eu acariciava seus cabelos e seu rosto e ela continuava, ora para mim, ora para Mara:

- Fode minha buceta cachorra... tá gostando de ver tua putinha levando rola? ... isso cachorra, mete gostoso, que meu puto tá adorando... quer mais meu puto?

Uma loucura aquela cena. Tirei meu pau para fora da calça e antes que eu terminasse de abrir a calça, minha putinha já estava com a boca nele, me chupando e me lambendo enquanto era fodia por aquela mulher.

Mara intensificou os movimentos e minha putinha falou que:

- Assim eu gozo... cachorra... – sem nem tirar meu pau da boca.

- Goza pra mim putinha – pedi – quero ver você gozar nessa rola.

Ela soltou um grito e gozou. Gozou com meu pau na boca e dobrou os joelhos, ficando entre as minhas pernas, mas esse movimento também fez com que o pau em Mara saísse dela. Ela respirou algumas vezes e disse:

- Porra, que delícia.

Dei-lhe um beijo gostoso e ela levou a mão ao meu pau e quis saber se:

- Gostou da tua putinha fodendo de coleira? – falou baixinho como se não fosse para Mara ouvir.

- Está linda a minha cadelinha. – disse puxando-a para outro beijo.

- Sou tua cadelinha safada, viu? Não esquece.

Ali como estávamos, até esqueci da Mara, com aquele troço pendurado, mas minha putinha não esquecera. Levantou-se, puxou Mara para junto do seu corpo e se beijaram demoradamente. A puta sabia beijar, porque a putinha se entregava à língua que invadia a sua boca. Falo isso porque eu via. Faziam isso ali na minha frente. Não era um filme. Era real.

- Até agora – disse minha putinha para Mara – nós brincamos. Tira isso e sobe no colo dele.

Como é? Minha namoradinha está mandando a puta sentar no meu colo? Que mulher maravilhosa e safada foi essa que eu encontrei?

Ela conduzia a operação. Virou Mara de costas para mim e segurando meu pau, foi fazendo Mara descer nele, até estar totalmente enfiado naquela puta. Nossa, que buceta! Minha putinha me deu um beijo e:

- Fode essa puta. – me falou sentando ao meu lado no sofá.

Mara rebolou, fez meu pau entrar e sair da sua buceta e de repente:

- Vocês são dois safados, sabiam? – e quicava no meu pau – Puta que pariu, vim aqui e não sabia que ia ser tão bem fodida.

Palavras de uma puta e como tal, não mereciam crédito, mas quem se importa com isso com uma mulher deliciosa sentada em cima de mim e minha própria namoradinha ao lado incentivando.

- Isso Mara, agora fica de frente para ele. – ordenou.

Mara livrou se rapidamente da última peça de roupa que usava, os sapatos e subiu no sofá, ficou de frente pra mim, com a buceta na altura da minha boca e com incentivo da minha namoradinha:

- Chupa a buceta dela, meu puto.

E chupei. Me deliciei com o mel que escorria da buceta da puta, mas não por muito tempo, porque minha putinha logo mandou ela sentar e direcionou meu pau para dentro da nossa puta.

Fodi aquela puta nessa posição, até ela dizer que:

- Casal... – falava e gemia – não acredito... que vou gozar... que pau gostoso...

Minha putinha, com a mão, mexia no grelhinho da puta e não tinha dúvida de que ela iria gozar mesmo:

- Mete gostoso... isso... Aaahhh – achei que tinha gozado, mas ela continuava pulando no meu colo, segurando meu pescoço e evitando olhar para mim.

- Olha pra ele, puta! – ordenou minha putinha.

Mara olhou para mim, nos olhos, do mesmo jeito que minha putinha fazia e....

- Cachorro... vai me fazer gozar no teu pau?

- Vou – falei sem nem pensar.

E a puta gozou. Como gozou. Enterrou meu pau todo dentro dela, mexendo a buceta e mastigando meu pau, do mesmo jeito que minha putinha fazia e gozou uma vez. Me olhou e novo e voltou a subir e descer em mim e gozou de novo.

Caralho – disse encostando sua testa na minha.

Ela visivelmente não estava sendo nem um pouco profissional. Quando ia me beijar, minha putinha virou seu rosto e a beijou. Beijou, alisou seus seios e foi alisada. Sem nem sair de cima de mim, ainda com meu pau dentro, Mara tocou a buceta da minha putinha e falou para mim:

- Sua mulher está molhadinha. Acho que gostou do que viu.

Minha putinha aceitou aquele carinho, falou que:

- Não tem como não gostar – e se entregou aos carinhos de Mara, que saiu de cima de mim, dando um beijo rápido e sentou entre as pernas da minha putinha que se arregaçou para ela, mas mesmo gostando e gemendo de tesão falou:

- Nosso homem ainda não gozou.

- Você faz ele gozar ou quer que eu faça – perguntou Mara.

- Nós duas... – falou minha putinha.

Achei que as duas iam me chupar, mas minha namoradinha tinha outra coisa em mente:

- Veste o strap... – disse para Mara e colocou meu pau na boca para outro boquete enquanto nossa puta vestia novamente aquilo.

Dessa vez ela mesma se penetrou com o duplo falo e ajustou as tiras. Quando estava pronta avisou à minha putinha, que deitou no sofá de pernas abertas, uma sobre o encosto e mandou:

- Me fode bem gostoso, piranha! – estava irreconhecivelmente safada.

Mara ficou entre suas pernas e foi metendo aquele falo dentro da buceta da minha putinha enquanto ela mesma gemia de prazer sentindo o outro lado do falo dentro dela. As duas começaram a foder e minha putinha olhou para mim cheia de tesão e falou:

- Mete nela, meu puto... fode ela que quero sentir teu pau entrando nela e em mim.

A visão das duas fodendo, com Mara chupando os peitinhos da minha putinha já era demais, quase que bastava, mas ela me pedindo para foder o cuzinho da nossa puta, sem pudor, foi muito bom.

A própria Mara arregaçou a bunda com uma das mãos e se ofereceu:

- Mete gostoso!

Fui para trás dela e lembrei do gel, mas não havia tempo, foi no cuspe mesmo. Mara escorria mel de sua buceta com aquele falo enfiado nela e lubrifiquei-a com cuspe e mel e meti. Ela gemeu. Minha putinha gemeu e ainda disse entre gemidos:

- Isso meu putinho... fode tua mulherzinha... fode essa puta...

E ficamos os três fodendo juntos agora, com minha putinha louca de tesão:

- Que delícia ser fodida por vocês... mete tudo...

Não sei para quem ela pedia, se para mim ou para Mara, mas nós dois conseguimos encontrar um ritmo para fode-la até fazê-la gozar mais uma vez. Ofegante ela perguntou:

- Quer gozar no meu cuzinho da tua putinha ou dessa puta.

- No teu! – respondi sem pensar porque estava quase gozando.

Ela mandou sairmos dela. Mara saiu, mas fiquei enfiado naquele cuzinho maravilhoso da puta, que se inclinou para trás e sentou no meu pau fazendo ele ficar todo dentro do seu cuzinho. Ela ainda rebolava quando minha putinha me mandou sair e sentar no sofá. Ela veio de costas para mim e encaixou seu cuzinho no meu pau e começou a sentar. Subiu sobre o sofá e com a buceta para cima, me surpreendeu quando pediu pra Mara:

- Agora vem e fode minha buceta, puta!

Ela queria mesmo uma dupla penetração? Queria sim. E como gemeu quando Mara pela frente a penetrou. Sentia o falo que ela usava invadindo a buceta da minha putinha enquanto ela ainda subia e descia no meu pau.

- Delícia! – falou – Fode tua puta... quero gozar em vocês.

Ela estava insaciável, mas para minha sorte, que não aguentava mais de tesão, ela começou a se movimentar mais intensamente e pediu:

- Gozem comigo... – eu segurava ela pelos seios - ...enche meu cu de porra... safado... ai...

E não teve jeito. Fiz o que ela me pedia e jorrei dentro do seu cuzinho enquanto ela gozava mais uma vez.

Parou. Paramos. Mara a beijou e ia se afastar quando ela pediu:

- Beija ele também – e Mara colou seu corpo no da minha putinha e me beijou.

Afastou-se e nos deixou ali, minha putinha aconchegada nos meus braços, esperando meu pau se recolher. Ela arfava. Sorria de satisfação.

- Meu homem gostou de foder a mulherzinha dele bem safada?

Nem respondi, a abracei e beijei com força. Ela continuou:

- Falei que faço tudo para te dar prazer e faço mesmo!

- Percebi! – disse.

Mara, nossa puta, retirou o strap-on e reunia suas roupas espalhadas pela sala. Olhou para nós com elas nos braços e perguntou:

- Tem algum banheiro que eu possa usar?

Nem olhamos para ela e minha putinha que respondeu:

- Primeira porta a esquerda no corredor.

Ela foi para lá e minha putinha se virou no meu colo, se encaixou em um abraço e me pediu:

- Me leva pra cama no colo.

Levantei com ela no meu colo e a levei para o quarto. Coloquei-a sobre a cama. Ela se aninhou de bruços nos travesseiros e disse:

- Vai lá despachar a nossa puta e volta pra dormirmos de conchinha.

Quando voltei para a sala, ainda nu, Mara já estava lá, toda vestida e pronta. Me perguntou:

- Cartão?

Fiz que sim com a cabeça, ela pegou a máquina na bolsa, entreguei o cartão, ela digitou o valor e me passou a máquina para digitar a senha e quando devolvi:

- Adorei vocês, sempre que quiserem, é só me chamar. – e me passou um cartão – manda um beijo pra tua mulher.

Já na porta, me deu um beijo, passou a mão no meu peito e disse:

- Gostoso. Qualquer coisa que você precise é só me chamar.

E saiu rebolando pelo jardim até seu carro. Fiquei olhando aquela puta e pensando na minha putinha deitada na cama. Fui para o quarto e me deitei atrás dela, que se aninhou no meu corpo e antes de dormir disse:

- Você é muito tesudo – e antes que pudesse dizer qualquer coisa, ela já estava dormindo.

Fantasias

No dia seguinte acordei tarde. Ela não estava na cama, mas dessa vez não me assustei. Me espreguicei, lembrei da noitada da véspera e senti meu corpo acordando lentamente depois de mim. Fui para o chuveiro, tomei um banho merecido, vesti um calção larguinho e fui ver o que minha putinha estava fazendo. Cheguei na cozinha e ela estava preparando alguma coisa para o café da manhã, com uma sandalinha baixa de tirinhas e um vestidinho solto.

- Bom dia dorminhoco!

A abracei por trás, encostei meu corpo no dela, afastei seu cabelo, beijei seu pescoço e ela soltou um gemido.

- Não está saciado? – perguntou sem deixar de fazer o que fazia.

- De você eu quero sempre mais. – respondi levantando o vestido dela para descobrir que não usava nada por baixo.

- Saiu assim pra comprar pão?

- O que que tem? Não mostrei nada pra ninguém. – e rebolou no meu pau, encostando mais sua bundinha nele e esfregando um pouco.

Livrei-a do vestido e ela fingiu que era muito normal. Me abaixei atrás dela e passei a língua no seu cuzinho, que estava muito cheiroso. Ela rebolou, passei a mão na bucetinha dela e, ficando novamente de pé, levantei uma das pernas para meter na sua buceta.

- Que homem insaciável! – disse parando o que fazia e se debruçando sobre o balcão.

Eu não estava no meu normal. Não pensei. Apenas meti. Ela me afagava, eu alisava seu corpo e a comia. Foi um café da manhã delicioso com uma gozada gostosa, depois que sentei no chão com ela por cima, tão louca quanto eu, pulando no meu pau e gozando e fazendo meu pau bater lá no fundo. Deliciosa foda.

Ela me deu um beijo e antes de sair de cima de mim:

- Agora que saciamos essa fome, que tal saciarmos a das nossas barrigas?

Levantou ainda pingando porra em cima de mim e nua como estava, só com aquelas sandalinhas e por isso mesmo, muito sexy, levou o que faltava para a mesa da sala.

Tomamos o café da manhã nus. Uma delícia poder olhar seu corpo, seus seios, suas coxas, sem o impedimento das roupas.

- Assim vou ficar encabulada. – disse fingindo recato.

- Porque estou te olhando? – perguntei.

- Você está me devorando, meu safado. – respondeu levando o garfo à boca.

- Você que saiu sem calcinha pra se exibir e eu que sou safado? – perguntei provocando-a.

- Eu falei que não mostrei nada pra ninguém. Nem tinha como eles saberem que eu estava sem calcinha.

- Mas você sabia e como se sentiu?

- Maravilhosa. – respondeu sorrindo – Dona de um segredo só meu.

- Mostraria para eles?

- Assim de graça, sem um motivo não.

Concluí que se houvesse um motivo ela mostraria e perguntei:

- Com um motivo mostraria?

- Se te desse prazer, já seria um bom motivo. Mostraria sim.

- Mas você não tem prazer em se exibir?

- Tenho sim meu safadinho, mas muito mais se sei que você está gostando. – e se debruçando na minha direção – sabe que faça tudo pra te dar prazer.

Aquilo era a mais pura verdade, mas não sabia o quanto ela queria fazer aquilo por ela ou para ela. Minha imaginação disparou:

- Já imaginou se despindo para outros caras?

- Aonde? – perguntou abocanhando uma torrada.

- Qualquer lugar. Já pensou nisso?

- Acho que depende do lugar. – disse terminando a torrada.

- Então você já pensou em algo assim? – insisti.

- Já disse que depende do lugar. – ela não respondia, então usei a imaginação. Minha e dela.

- Que tal um lugar cheio de gente, como um leilão.

Ela não respondeu, mas continuou me olhando com a boca ocupada com uma maçã. Continuei minha fantasia:

- Um leilão beneficente onde o leiloeiro pediria lances pelas suas roupas. Já pensou?

- Huummm – percebi sua imaginação me acompanhando - Podia ser em um jantar beneficente.

Ela começava a imaginar a situação e continuou:

- Eu estaria usando um vestido preto justo, com um coletinho cinza – sabia que ela tinha um conjunto assim –salto alto e meias...

- E luvas! – sugeri.

- Luvas? – pensou um pouco na minha sugestão e - Daquelas compridas? Pode ser. Eu desfilaria em uma passarela – e, levantando da mesa, fingiu desfilar na passarela – enquanto o leiloeiro diria - ela imitou a voz empostada de um – "Senhoras e senhores nós agora passaremos a leiloar (ele faria certo suspense e continuaria –explicou) as roupas que a linda senhorita está usando"

Eu estava adorando aquela interpretação. Me acomodei na cadeira para assistir e imaginar junto com ela, que continuou:

- Eu estaria parada ao lado dele vendo o rosto das pessoas da plateia aplaudindo. Ele começaria pedindo um lance pelo coletinho, que seria arrematado por um velhinho.

- E aí? – perguntei olhando-a nua com as sandalinhas ali no meio da sala.

- Eu faria assim! - e fingiu tirar o colete e jogá-lo.

- O velho ia ter um enfarte. - brinquei

- Depois seriam as luvas! - ela fingiu estar tirando-as - A coisa esquentaria e o leiloeiro pediria lances pelo vestido. Eu daria uma voltinha e quando o lance fosse aceito eu o tiraria.

Aí ela fingiu tirar o vestido que estaria usando e continuou:

- Só que eu estaria com um corpete sexy, aquele que você conhece. A plateia aplaudiria e o leilão prosseguiria até eu ficar completamente nua! - disse sorrindo.

- Então? - perguntei - Não vai ficar?

Ela deu um sorriso gostoso e fingiu tirar o resto da roupa imaginária. tirou os sapatos e a calcinha e levantou os braços.

- Seria assim que eu ficaria! Que tal?

- Maravilhosa! Mas e depois? – perguntei jogando lenha na fogueira.

- Depois? - ela pensou um pouco, sorriu e levou ambas as mãos até o meio de suas pernas – Acho que depois eu deitaria no meio da passarela – e deitou-se no chão – e começaria a me masturbar na frente daquele monte de gente. – e passou a esfregar seu sexo sofregamente.

Levantei da mesa e fui até ela.

- Aí eu entraria na passarela – falei –nu e iria até você.

- E o que você faria? – me perguntou com carinha de safada.

- Me abaixaria entre suas pernas – disse e fiz – afastaria tuas mãos e beijaria tua buceta.

- Você faria mesmo isso? – me perguntou.

Não respondi. Estava entretido demais em chupa-la, descrever e fazer, a cena.

- Eu afastaria suas pernas e meteria meu pau em você!

- Gostoso! - gemeu - Antes que você metesse tudo, eu me viraria e ficaria de quatro para você me comer por trás e também para facilitar a visão da plateia.

Eu a segurei pelas ancas e meti meu pau na sua bucetinha, que rebolava do jeito gostoso que eu tanto gosto.

- Seria... um... leilão... inesquecível! - falou entrecortado. - Mete mais!

Segurei seus cabelos e puxei-os.

- Minha cadela vadia!

- Me come... meu macho! Come... tua puta... me fode... - ela começou a gozar e me pediu para... – Não goza!

Em meio a seu próprio gozo, ficou de frente para mim.

- Goza em cima de mim! – implorou.

Não dava mesmo para aguentar mais, gozei no seu rosto, nos seus peitos, no seu corpo, lambuzando-a, me lambuzando ao nos abraçarmos e ficarmos. Apenas ficarmos.

Ao ar livre

Nós ficamos ali no chão, gozados, abraçados, nos acariciando.

- Você é muito tarado, viu? – me disse baixinho.

- Sou tarado por você. – respondi afagando seu cabelo.

- Mentiroso, mas vou aceitar o elogio.

Não sei se era verdade me chamar de mentiroso, mas ela estava fazendo com que eu ficasse cada dia mais safado, mais tarado, não só por ela, por tudo o que pudéssemos fazer. A sensação de estar com ela e tê-la como cúmplice era muito ótima.

Ficaria ali o dia todo, mas ela queria arrumar as coisas e dar uma volta na praia.

- Só uma caminhada. Vamos?

Deixamos as coisas do café da manhã e fomos tomar um banho e nos vestir. Ela foi rápida e quando entrei no chuveiro já estava saindo. Não ia ter mesmo forças para pegá-la ali, apesar de estar deliciosa.

Vestiu um shortinho e uma regatinha, um tênis e falou que me esperaria lá fora. Terminei meu banho, coloquei um calção, camiseta e tênis e fui.

Caminhamos na orla e eu estava exausto pela noitada com nossa puta e pelas duas fodas matinais. Falei que precisávamos voltar, porque estava morto. Ela brincou comigo:

- Não aguenta mais dar duas pela manhã depois de uma foda monumental com duas vadias na véspera? – implicou já virando para voltarmos.

- Acho que você está achando que sou de ferro.

Ela se abraçou ao meu braço e:

- Tolinho... você é meu *Iron Man*.

Chegamos em casa e falei que precisava deitar mais um pouco. Ela disse que não havia problema, que ia procurar um filme para assistir e fui deitar. Estava exausto.

Nada como uma boa cochilada. Na verdade, um bom descanso te faz acordar renovado. Foi como me senti quando abri os olhos e me dei conta do horário, do dia, do que fizéramos nesse final de semana e, renovado – como já disse – resolvi surpreendê-la.

Me vesti e fui para a sala onde ela estava vendo um filme. Fui me aproximando silenciosamente, para que não me visse e, bem perto, dei um pigarro para que ela soubesse que estava ali.

Ela se virou para me cumprimentar:

- Oi querido... – quando seus olhos se desviaram da televisão para mim soltou um – Uau!!!

- Gostou? – e girei mostrando frente e verso do casacão que eu usava.

- Huummm – fez ela – o que tem aí embaixo, hem?

Eu estava usando um casacão comprido, tênis uma calça de moletom. Segurava o casacão com ambas as mãos e assim que seu sorriso se estampou em seu rosto, abri o casacão. Meu pau estava para fora da calça, por baixo do casacão.

- Tarado! – falou sorrindo, mas ela logo mudou e falou que – Assim não vale.

Eu estava excitado, não com a exibição do meu bom-companheiro, mas com a expectativa da recompensa e me assustei. Fechei a capa.

- Mostra mais! - pediu.

Ia abrir novamente a capa, mas ela sugeriu:

- Vamos lá pra fora. – o que ela queria? – Aqui é fácil. Vou sentar naquele banco lá na frente e você passa por mim e abre o casaco. Vamos?

Eu fiquei em dúvida, mas ela não me deu tempo para pensar. Em segundos vestiu um shortinho que estava jogado no chão, as sandálias e saiu pela porta. Fiquei muito sem graça. Havia a probabilidade de sermos pegos e meu interesse era mais pela recompensa, mas pelo visto, aqui em casa não haveria nenhuma recompensa.

Respirei fundo e fui atrás. Ela já estava sentada em um banco relativamente discreto, à esquerda do estacionamento. Fingia estar olhando para longe quando cheguei próximo. Ela me olhou como se não me conhecesse e abri o casacão. Ela levou as mãos à boca, sem emitir um som e fechei-o. Ela ficou me olhando e o abri novamente. Ela falou baixinho:

- Nossa, é bonito... grande... – e esticou a mão para ele.

Ia fechar novamente o casacão, mas ela pegou meu bom-companheiro em sua mão e o alisou. Colocou-o na boca, lambeu-o e o beijou.

- Adoro isso! - falou chupando-o novamente.

Eu olhava em volta para ver se algum vizinho poderia nos ver. Não havia ninguém perto e estávamos fora do alcance das câmeras de segurança. Com ela me chupando, meu pau foi ficando cada vez mais duro, mesmo com a possibilidade de sermos vistos. Todos me conheciam como o cara estranho que não sai de casa, e de repente eu estava ali sendo chupado, acariciado e babado pela minha namoradinha putinha.

Ela abriu as pernas sem parar de me chupar e acariciou sua buceta por cima do shortinho.

- Esse pau me deixa molhadinha – puxou a regatinha de lado, colocando os peitinhos para fora – e eles durinhos.

Era verdade. Os bicos dos seios estavam durinhos. Ela enfiou a mão na minha calça, de forma a acariciar meu saco, seus dedinhos foram até meu cu, passaram por ele, voltaram e eu, sempre segurando o casacão, cheio de vontade de gemer, mas com mais medo do que tesão de que nos vissem.

Ela se levantou e me puxou pela mão. Fui todo desajeitado atrás dela, que me conduziu até o começo da colina, bem abaixo da varanda do meu quarto. Colou seu corpo no meu e disse:

- Se aquele casal ali nos ver não vai ter problema nenhum. Eles são tão safados quanto nós.

Isso era verdade. Ali naquela posição, só nós poderíamos mesmo nos ver, o que até seria interessante, ver um casal fazendo o que estávamos fazendo, mas meus pensamentos foram interrompidos por um beijo quente, melado, apaixonado.

Ela tirou meu casacão, puxou minha calça para baixo, deu outra mamada no meu pau, virou de costas e arriou o shortinho e pediu:

- Fode tua mulherzinha, vai meu taradinho... – e abriu uma das nádegas, levantando uma das pernas e se oferecendo.

Ela se apoiou no chão da colina, mais íngreme a partir de onde estávamos e meti na sua bucetinha, que estava deliciosamente molhada, como ela havia dito.

- Isso... coloca esse pau gostoso todo... me fode... Huummm...

Fodemos bem gostoso ali embaixo da minha varanda e mesmo sendo um lugar sem vizinhos, não poderíamos ter certeza de não sermos vistos, o que aumentava nosso tesão.

- Se alguém aparecer... – dizia ela – chama pra ver de pertinho como eu amo rebolar nesse pau tesudo.

E rebolava mesmo, com tesão, paixão, seja lá que nome tenha aquilo, só sei que era muito bom e me fez gozar, mas junto com ela, que me dizia para segurar, para vir, segurar e finalmente me despejar dentro dela.

Acabamos a noite deitados sobre o casacão, praticamente nus e abraçados. Ela aconchegada no meu colo e de vez em quando brincando com meu pau ou só deixando a mão sobre ele.

- Podemos dormir um pouquinho aqui? – me perguntou sem me olhar.

Claro que podíamos, não era tão tarde assim e não corríamos o risco de acordar com o Sol e todos os vizinhos andando para cima e para baixo. Fechamos os olhos e dormimos um pouco.

No meio da noite, altas madrugadas, acordei com ela me dizendo que havia ouvido um barulho. Abri os olhos e:

- Deve ser o vigia fazendo a ronda. Vamos.

Não achei minhas calças. Apenas peguei o casacão que estava embaixo de nós, coloquei sobre ela e mostrei o caminho até a entrada da cozinha da minha casa. Assim que entramos ela me agarrou e disse que:

- Adorei meu taradinho se exibindo pra mim e mais ainda a foda lá fora. – me deu um beijo e me puxou para a cama.

Nos livramos do pouco de roupa que nos restava e deitamos de conchinha. No dia seguinte eu procuraria pela calça.

A colegial

No dia seguinte, no café da manhã, entre as mordidas na torrada, comentei com ela:

- Acho que você me deve algo.

- Você não esqueceu? – me perguntou dando uma risadinha atrás da xícara de café com leite.

- Claro que não! - e como poderia? - Acha que vou perder essa oportunidade?

- Mas de colegial mesmo... e todo o resto?

- Com certeza! – respondi.

- Sabe que eu faço, não sabe? – perguntou depositando a xícara no pires e me fitando.

- Sei sim, por isso eu cobro.

- Ah bom.

E foi só. Não falamos mais do assunto. No final de semana seguinte, quando ela chegou eu estava tomando. Ela gritou um oi para dentro do banheiro e desapareceu. Terminei meu banho e vi que ela deixara a luz do closet acesa e algumas roupas espalhadas. Me vesti e fui para a sala.

Assim que cheguei lá, ela deu um pulinho do sofá onde estava sentada e não é que usava um uniforme de normalista? Saia azul bem curtinha, blusa branca de manga comprida, gravatinha e sapato baixo preto com meia branca.

- Eu fiz Normal! – avisou dando uma voltinha.

- Está linda. - disse a abraçando e beijando.

Ela me puxou pela mão de volta para o quarto. Sentei-me na beira da cama com ela no meu colo. Beijamo-nos de novo.

- Promete que você não vai me machucar? - perguntou com uma voz bem angelical.

- Claro amor! - era a primeira vez que a chamava assim, mas até parecia que seria a primeira vez dela.

Minhas mãos alisavam suas coxas e subiram. Ela não usava calcinha. Deitei-a na cama e ela pediu:

- Tira tua roupa... professor... devagar!

A essa altura, eu não ia questionar nada. Tirei minha roupa enquanto ela me olhava com cara de gulosa.

- Agora é a sua vez, cara aluna. – disse depois de tirar a cueca.

Ela abriu a blusa mostrando seus peitinhos e antes de tirá-la, alisou cada um deles.

- Gosta professor?

Não havia o que dizer daqueles peitinhos deliciosos. Ela tirou os sapatos e subiu para a cama. Ficou ali em pé rebolando e brincando com a sainha, virando de costas e mostrando a bundinha.

- Hoje vou dar ela pro meu professor! – disse abrindo bem as nádegas e mostrando o cuzinho.

- Como boa menina – falei.

- Como uma má menina, que vai ser castigada – retrucou.

Pegou um óleo que havia deixado estrategicamente embaixo de um travesseiro, arrebitando bem a bundinha nesse movimento. Virou-se e o entregou para mim. Me aproximei da cama, ela veio de costas e com sua bundinha na altura do meu rosto, dei-lhe um beijo de língua no cuzinho.

- Ai professor, que delícia... – gemeu ela toda dengosa.

Lambuzei sua bunda com o óleo, massageando seu cuzinho com os dedos e enfiando um dedo enquanto ela gemia:

- Huummm, professor... que gostoso.

E passava a mão na sua bucetinha na frente e novamente no seu cuzinho e ela toda excitada, rebolava até que falei:

- De quatro, vagabunda.

- Isso professor, me xinga – respondeu me obedecendo e ficando de quatro – me xinga que eu gosto. Me chama de vadia...

- Vadia

- Me chama de puta...

- Puta... – e enquanto falava, coloquei a cabeça do meu pau no seu cuzinho, o que arrancou um gemido dela e a abaixar a cabeça e empinar ainda mais a bundinha para mim.

Fui entrando, devagar, mas entrando, até estar todo dentro dela.

- Assim, professor... me preencheu todinha. – falou gemendo gostoso – vai me dar a nota que eu preciso?

E comecei a foder seu cuzinho puxando meu pau e metendo novamente, enquanto ela gemia e rebolava devagar, mas apertava meu pau com o cuzinho e soltava, fazendo com que a foda ficasse ainda melhor.

Ficamos assim, segurando-a hora pelos quadris, hora pelos cabelos e ela aceitando meu pau ali. Não só aceitando. Ela queria ele todo e pedia:

- Mais, professor, mete ele todinho na tua putinha.

Ela se tocava, enquanto eu metia e isso acelerou seu orgasmo. Pelo menos o primeiro.

- Assim, professor, vou gozar... – e gozou, mas isso só aumentou sua disposição - ...agora me faz gozar pelo cuzinho professor... isso... assim... vai... vem... meu puto.

Um longo gemido de ambos e me derramei naquele cuzinho apetitoso. Não queria sair e ela não queria que eu saísse. Com cuidado viramos de lado, ainda encaixados. Ela virou seu rosto e me beijou, com meu pau ainda nela:

- Adoro foder com você, meu lindo.

Ficamos o resto da noite encaixados e adormecemos assim.

Uma festa e tanto

No dia seguinte ela queria saber o que faríamos à noite.

- Esqueceu da a festa dos malucos que te falei?

- Aquela?? - perguntou animada.

- Isso mesmo, "aquela"!

Era uma festa que alguns amigos da faculdade de artes, faziam de tempos em tempos. Não era uma festa comum, pelo contrário, era bem barra pesada, com muitas drogas, para quem quisesse e muito, mas muito sexo. Tudo era possível nessas noites e ela queria ir, mesmo depois de ter lhe contado o que geralmente acontecia.

- Você não acha excitante? - perguntou.

- Acho, mas você topa participar? Não há refresco lá!

- Se te der prazer. – respondeu – Não me conhece?

Conhecia e sabia que seria ótimo estar lá com ela, exibi-la um pouco para os amigos, mesmo não tendo pretensões a ficar muito tempo. Não pensava em pegar nenhuma das meninas, mesmo das novinhas que eles arrebanhavam para a festa. Daríamos uma passada por lá, veríamos os amigos, ela sentiria o clima e sairíamos fora, provavelmente para algum lugar em que pudéssemos transar para variar o cenário.

Ela colocou uma minissaia de jeans não muito curta, um colete que não precisava ser fechado, apenas com um sutiã rendado por baixo, que ficava todo à vista. Muito sensual, talvez demais.

Assim que chegamos à casa do meu amigo, deu para ver que a festa iria ser animada. Poucas luzes na sala e uma mulher dançando sem blusa, com um cara com a perna entre as dela. Minha namoradinha me olhou e comentou:

- A coisa aqui está quente!

- E costuma esquentar mais do que isso! - Avisei.

Ofereceram-nos "coca", mas polidamente recusamos e depois de pegarmos duas latas de cerveja sentamos em algumas almofadas que estavam no chão em um canto que parecia bem discreto. Podíamos ver toda a sala dali, porque ficava alguns degraus acima, próximo à varanda. Víamos também os que sumiam pelo corredor para mais drogas ou sexo e os que chegavam. Houve um pequeno reboliço quando uma moça chegou.

- Quem é? – perguntou ela abraçada no meu braço.

Era Valéria a mesma dos nus que ela vira no meu ateliê, mas não a reconhecera vestida. Fazia um bom tempo que não a via. Estava a mesma. Cumprimentou os que estavam próximos da entrada e assim que deu com meu amigo, o dono da casa onde era a festa, o abraçou e, apesar do som alto, pude ouvir ele reclamando:

- O que é isso? - disse apontando para a roupa que ela usava – os pintorezinhos ficam te vendo pelada por horas e você vem numa festa com teus amigos e nos priva disso? Pode voltar! - brincou.

- Você quer o que, que eu tire a roupa? Que fique nua? – perguntou Valéria com sua carinha de anjo do mal.

- Claro que quero! - respondeu ele - Na verdade todos nós queremos, não é turma?

Houve um sim geral. Minha namoradinha me perguntou:

- Ela vai tirar mesmo?

- Provavelmente vai!

- Uau! - exclamou.

Valéria abriu o vestido indiano que usava e o tirou.

- Assim? - perguntou ao nosso amigo.

- O que é isso Valéria está inibida? Você não fica de calcinha lá na Escola! Tira tudo.

Ela riu, e todos começaram:

- Tira, tira, tira...

Enquanto pediam, ela entregou o vestido a ele, virou-se de costas e tirou a calcinha, exibindo bem sua bundinha para todos.

- Linda, linda,... - passaram a gritar.

- Pronto - disse virando-se novamente para ele e entregando sua calcinha – agora estou como você queria?

Ele se aproximou dela e beijou-lhe os dois seios, um de cada vez.

- Está perfeita. – disse e foi atender alguém que o chamava na cozinha.

- Gostei da recepção! – falou Valéria começando a circular.

Minha namoradinha estranhou que ela apenas ficasse nua. Achou que já fariam alguma coisa, mas eu havia dito que tudo era possível, até algo assim.

Valéria cumprimentou vários do que estavam ali, sem se importar com sua nudez e de repente me viu no nosso canto. Veio toda alegre e esfuziante. Abaixou-se para me beijar, na boca, como sempre.

- Esta é minha namorada – apresentei.

Valéria se aproximou e deu um beijo na boca dela também, que ficou um pouco desconcertada, mas não demonstrou. Valéria sentou-se ao lado dela.

- Faz um tempão que não te encontro cara, por onde você andou? – perguntou.

- Por aí! – respondi.

- E foi por aí que você arrumou esta gatinha linda? - disse colocando a mão no ombro da minha namoradinha.

- Essa é uma história muito longa.

- Você é linda! – disse para minha namoradinha.

- Obrigada –respondeu –Você também é muito bonita!

E à queima roupa, sem nenhum aviso prévio, perguntou para minha gatinha:

- Por que você não tira esse sutiã?

Senti que ela tremeu um pouco e apenas sorriu, apertando um pouquinho meu braço e antes que eu pudesse intervir...

- Tira para gente apreciar esses peitinhos que parecem lindos! – insistiu Valéria.

Não sei o que aconteceu. Ela me olhou como se pedisse minha autorização e talvez porque fosse o pedido de uma mulher que estava completamente nua, ela não soube recusar, mas notei certo nervosismo quando, sem tirar o colete, abriu o fecho frontal do sutiã colocando os seios de fora.

- Gosta deles? – perguntou ao recostar-se novamente.

Valéria, sem a menor cerimônia, como era de seu feitio, afastou o colete deixando os seios dela totalmente à mostra e os tocou.

- Gosto muito! –respondeu debruçando-se sobre eles os beijando.

Minha namoradinha não repeliu e não a impediu. Valéria beijou um dos seios enquanto acariciava o outro com a mão.

- Gosta assim? - perguntou segurando um seio com a mão.

- Gosto! – respondeu minha namoradinha visivelmente excitada.

- Eu também. – disse Valéria puxando a mão dela para seu seio.

Abracei minha gatinha e coloquei o outro braço abraçando Valéria também, que ficou de joelhos com as pernas da minha namoradinha entre as suas e disse:

- Outra coisa a que eu não resisto é isto.

E aproximando-se da orelha da minha gatinha, beijou-a e colocou sua língua nela, que deu um gemido e se encolheu, mas Valéria continuou.

- Meu Deus! – gemeu minha gatinha.

Valéria continuou com sua língua e desceu-a até a barriga. Subiu a saia, que, para minha surpresa, minha putinha, quero dizer, namoradinha se encarregou de puxar bem para cima e afastou a calcinha entre as pernas dela, onde se deteve. A putinha da minha namoradinha estava de olhos fechados, segurando os próprios seios com as mãos quando Valéria deu o primeiro beijo em seu sexo.

A festa continuava, mas éramos, discretamente, o centro das atenções. Valéria trabalhava sua língua no sexo da minha putinha, às vezes introduzindo um ou dois dedos. Nesta posição, estava com a bundinha para o alto. Assim pediu ela entre uma chupada e outra:

- Pede... pra ele meter...em mim!?

Fingi que não ouvira e pedi que minha putinha repetisse e ela o fez um pouco mais alto:

- Fode ela, meu puto! – e me beijou.

- Você quer que eu a foda enquanto ela te chupa? – provoquei.

- Você não quer foder ela enquanto ela me chupa? Por favor... fode!! - respondeu entre gemidos.

Fiquei de joelhos atrás da bundinha de Valéria e arriei minha calça colocando meu bom, e agora exibido, companheiro para fora e entre as coxas dela, que falava para minha putinha:

- Teu homem tá me comendo, lindinha!

- Fode ela...

Minha putinha não conseguia falar mais, estava entrando em êxtase. E não era sem razão. Quando senti meu bom companheiro começar a entrar em Valéria, foi muita loucura. Sem que os outros percebessem, e acho até que fingindo não dar muita importância a eu estar metendo nela, massageava meu pau com sua vagina, de uma forma deliciosa enquanto não se cansava de chupar minha putinha, que estava suada, melada, com aquela expressão de tara no rosto. Entrara em transe mesmo.

Quando abriu os olhos e viu que havia outras pessoas, que agora não tinham mais como fingir que não estávamos ali, olhando ela transar, teve um orgasmo alucinado. Enroscou suas pernas no corpo de Valéria, que deixou as sutilezas de lado e rebolava acompanhando seu ritmo, como uma louca. Isso tudo comigo atrás, gozando também. Na verdade, gozei duas vezes seguidas tal o furor das duas. Valéria contraiu sua vagina e não parou de me apertar, me levando a gozar outra vez.

O grande lance dessas festas, é que todo mundo fingia que nada, absolutamente nada, acontecia principalmente depois que acontecia. Por isso, pudemos curtir o nosso cansaço, sossegados. Ninguém veio nos importunar com nada.

Valéria ficou sentada conosco o resto da festa. Nua. Minha putinha apenas ajeitou a saia no lugar, mas não vestiu nem a calcinha e nem o colete, porque Valéria não deixou.

- Você fica muito mais sensual assim! – disse para ela.

- Mas você também é muito sensual! – retribuiu.

- Nós nos merecemos! – disse Valéria dando um beijo nela.

Um beijo e tanto, diga-se de passagem. As duas ficaram agarradas, línguas entrelaçadas, por um bom tempo. Quando terminaram, Valéria olhou para mim e disse para minha putinha:

- Acho que ele está com ciúmes!

- Não está não... – disse passando a mão na minha coxa – ...ele também nos merece.

- Ele é tão gostoso, não é? – disse Valéria pulando para meu colo.

- Gostoso demais! – concordou minha putinha pegando em meu pau.

Valéria sentou-se de frente para mim, uma perna de cada lado. Minha putinha começou "discretamente" a me masturbar, mexendo em meu bom companheiro com "ocasionais" esbarradas entre as pernas de Valéria.

- Sabe que uma vez – começou Valéria – seu namorado me levou para namorar na praia, dentro do carro. Estava uma ressaca fantástica e quando estávamos transando, eu sentada assim mesmo no colo dele, os vidros do carro embaçados, descobrimos que ao nosso lado estava uma equipe da TV filmando a ressaca.

- Ainda bem que não nos viram. – completei – Mas cheguei a pensar que iam entrevistar a gente.

- Ficamos ali quietinhos, com esse pau gostoso dentro de mim! – e Valéria me sapecou um tremendo beijo.

Mordeu meus lábios, enfiou sua língua na minha boca à procura da minha. Minha putinha entre nós, agora chupava meu pau. Acho que com a outra mão ela masturbava Valéria. Muita loucura. Meu pau estava enorme. Ela o encostava em Valéria, conseguindo masturbar a nós dois ao mesmo tempo. Uma heroína. Sentia os peitos de Valéria de encontro aos meus quando ela se levantou, ficando com seu "portal do prazer" na altura da minha boca. Ela me segurava pelos cabelos, enquanto minhas mãos acariciavam sua bundinha. Minha putinha aproveitou-se e colocou-me todo em sua boca, me chupando e lambendo como se fosse um picolé e depois conduzindo-o para dentro de Valéria, enquanto sentava em meu colo e dizia:

- Cavalinho... vamos brincar de cavalinho... – e toda encaixada, literalmente me cavalgou até me fazer gozar.

As duas me beijaram e minha putinha perguntou no meu ouvido:

- Gostou, meu putinho?

Eu havia adorado, mas era difícil reconhecer isso para a própria namorada que havia me ajudado a foder uma velha amiga, mas meu rosto de satisfação não me deixava mentir.

- Adorei! – confessei.

Valéria nos beijou e disse um "Já volto" que não aconteceu.

Nessa "confusão" toda, nem percebemos que, como sempre acontecia por lá, não éramos mais mesmo o centro das atenções. Os outros haviam começado um jogo, que eu conhecia bem, de cartas marcadas. Escolhiam uma vítima, de preferência uma mulher que nunca tivesse ido e sorteavam várias tarefas para ela cumprir. A escolhida da noite fora uma lourinha novinha. Quando olhei para lá a primeira vez, ela estava tirando a blusa e depois, estava sendo beijada pelo nosso amigo nos seios e por outra mulher entre suas pernas e quando discretamente saímos, ela estava deitada, nua, na mesa de jantar, coberta de chantili com vários e várias a lambê-la. Que festa!

O retorno de Valéria

Nos dias que se seguiram, por mais de uma vez, minha namoradinha me perguntou sobre Valéria. Queria saber tudo sobre ela, quando nos conhecemos, quanto tempo passamos juntos, o que fazíamos, quando e com quem.

- Você está com ciúmes do que eu e Valéria tivemos antes?

- Claro que não meu bobinho? Fiquei curiosa com ela, só isso.

Não me convenceu, mas deixei para lá. Na verdade, tudo se esclareceu alguns dias mais tarde. Quando cheguei em casa, minha namoradinha já estava lá, mas qual não foi minha surpresa ao encontrar Valéria conversando com ela na sala.

- Que surpresa! – exclamei mais do que surpreso.

- Estava com saudades de vocês! - disse depois de me beijar - O Doido Mor me deu seu telefone.

"Doido mor" era nosso amigo, dono da casa da última festa, mas eu estava suado de um dinheiro inteiro de reuniões em várias agências de publicidade e pedi licença para tomar um banho. Embaixo do chuveiro, me perguntava do perigo de deixar as duas conversando na sala. Mas afinal de contas, se havia algum mal, já estava feito. Quando voltei para a sala, as duas continuavam conversando animadamente.

- Senta aqui entre a gente! - pediu minha gatinha.

Sentei-me meio sem graça. Valéria colocou o braço no meu ombro me abraçando e minha namoradinha a mão na minha perna. Conversa vai conversa vem, passamos a falar da festa.

- Foi bom demais aquele dia! - disse Valéria.

- Foi uma delícia! Não foi amor? – me perguntou minha namoradinha.

Apesar de tudo o que vivíamos, ainda não estava acostumado a ser chamado assim.

- Foi sim! - concordei.

- Quer um drink? - perguntou minha namoradinha para mim.

- O mesmo que vocês estiverem bebendo! - respondi.

Ela foi pegar uma caipirinha que havia preparado e Valéria me puxou para junto dela e disse:

- Você arrumou uma mulher ótima!

- Sim, ela é legal!

- Legal? Cara, ela é mais que isso, ela é fantástica. Tem uma cabeça bem aberta...

- E um corpo estonteante, não é? - completei.

Valéria olhou para ela voltando com minha caipirinha e disse:

- É sim, uma tremenda gata!

- O que vocês estão falando de mim? - perguntou me entregando o copo.

- Sobre o quanto você é gostosa! - respondeu Valéria.

- Você não viu nada! – respondeu brincando.

- Então me mostra! - pediu Valéria.

Ela não se fez de rogada, sem que eu esperasse, deu um beijo tão ardente em Valéria, que eu cheguei a ficar sem graça.

- Adorei! - disse Valéria depois - Mas é só isso que você faz? - perguntou provocando.

- Mostramos para ela? - me perguntou.

- Você que sabe! - respondi.

Ela foi até a aparelhagem de som, escolheu um CD que eu havia gravado especialmente para ela e colocou-o, começando a dançar assim que o som começou a sair nas caixas. Dança sensual, erótica, do tipo que eu gosto que ela faça para mim em nossas brincadeiras, digamos assim.

- Que delícia – disse Valéria – O que vamos assistir? - perguntou se acomodando no sofá.

- Acho que vem um strip-tease por aí! - sussurrei.

- Um show erótico! – corrigiu minha namoradinha.

Ela começou a tirar o vestido, nada demais, roupa de trabalho mesmo.

- Adoro strip! - incentivou Valéria.

Minha putinha jogou o vestido longe e continuou a dançar, só de calcinha e sutiã, a próxima peça que tirou sensualmente. Eu realmente "parara" na dela. Que gata. Sem o sutiã, ela alisou os seios e de lado para nós foi tirando a calcinha, bem devagar. Ficou só de salto dançando. Alisava seu sexo quando Valéria se levantou e começou a dançar na frente dela. As duas transpiravam sensualidade. Valéria dançava tão sensualmente quanto ela e pediu, ficando de costas:

- Me ajuda?

Minha namoradinha se aproximou e abriu o zíper do vestido. Como não era novidade, Valéria não usava nada por baixo. Fez um charme e entregou o vestido para minha putinha, que o jogou para mim. Depois empurrou Valéria até uma cadeira fazendo-a sentar-se. Ajoelhou-se entre as pernas dela e correu suas mãos pelas coxas, descendo até o pé, onde lhe tirou o sapato e beijou-lhe o pé. Mais ainda, colocou o dedo do pé de Valéria na boca e o chupou. Valéria tocava seu sexo esticando a perna para ela que a beijava.

Eu esperava não ficar de fora dessa festa, mas aguardava ser convidado. Minha putinha estava com a cabeça entre as pernas de Valéria, beijando-lhe o sexo e esta alisava seus cabelos. Com a cabeça para trás, colocou as pernas em cima do assento se abrindo mais para um beijo mais profundo dela, que passava a língua por todo o sexo de Val.

Mais uma lambida saborosa e Valéria a empurrou para o chão e deitou-se sobre ela, boca com sexo. A bundinha de Valéria virada para mim. Podia ver a língua da minha putinha lambendo seu sexo. Era demais e muito mais quando começou a gozar e agarrou Valéria pelas ancas, puxando-a para si. Gemeram uma no sexo da outra. Meu bom-companheiro estava indócil e em vias de ter um ataque se não participasse. Valéria levantou-se e beijou a boca da minha namoradinha:

- Gostosa! - falou. - É isso que você faz com teu homem?

- Também! - respondeu.

As duas olharam para mim.

- Vem cá! – me chamaram.

Aproximei-me delas e fui recebido com beijos e abraços. Elas me despiram rapidamente, cada uma, uma peça e me deixando deitado no chão, as duas passaram a chupar meu bom-companheiro. Alternavam-se. Valéria começou a beijar minha virilha, no que foi seguida por minha putinha. Uma sensação maravilhosa foi tomando meu corpo.

- Já foi beijado por duas mulheres? - me perguntou a safadinha.

- Nunca! - respondi

- Já tinha transado com duas taradas? - quis saber Valéria.

- Nunca! - repeti.

- Amarra os braços dele! - pediu Valéria.

Minha putinha correu ao quarto e voltou com uma echarpe. Amarraram minhas mãos ao pé da mesa de centro.

- Agora você é nosso! - disse quando acabou de dar o nó.

- E nós vamos te comer todo! - "ameaçou" Valéria.

Que delícia. Era tudo o que eu queria. Valéria segurou meu bom-companheiro enquanto minha putinha, sentada em cima de mim descia lentamente em direção a ele, até engoli-lo. Me segurava pelo pescoço enquanto se movimentava. Depois foi Valéria.

- Veja... - disse ela.

Valéria contraía relaxava os músculos da vagina, pressionando meu bom-companheiro. Minha putinha não entendeu logo, mas ela também fazia isso muito bem. Enquanto Valéria me engolia em seu sexo, a outra ajoelhou-se em cima do meu rosto, seu sexo em minha boca. Mal pude ver, mas percebi quando as duas se beijaram. Minha putinha segurando os peitinhos de Valéria. Eu não aguentaria isso por muito tempo, e elas sabiam. Saíram de cima de mim e ficaram me olhando, gulosas. Minha namoradinha pegou meu bom-companheiro em sua mão e mostrando-o para Valéria falou:

- Reparou como é grande?

- É de um tamanho razoável! - disse Valéria também o tocando.

As duas começaram a me masturbar, ao mesmo tempo. Eu gemia de prazer. Meu bom-companheiro prestes a explodir.

- Quantas vezes será que ele goza? - perguntou Valéria.

- Não sei, podemos experimentar!

Conversavam sem me soltar. Valéria aproximou seu rosto do meu e lambeu meus lábios.

- Está com o gostinho dela! - e me beijou.

- Também quero! - disse minha putinha do meu lado.

- Então espere um pouco!

Valéria sentou-se sobre meu rosto e a chupei até ela se levantar.

- Agora veja se tem o meu gosto! - disse.

Ela também lambeu meus lábios e me beijou, sua língua entrou como louca dentro da minha boca.

- Eu disse que faria qualquer coisa para te dar prazer! – falou baixinho.

Valéria estava novamente sentada em cima de mim, de costas, fazendo meu pau entrar dentro dela.

- Goza dentro dela! - pediu minha putinha acariciando meu rosto - Adoro ver seu rosto de gozo.

Não precisava pedir. Valéria se movimentava mais rápido, deitando em direção dos meus pés e logo comecei a gozar dentro dela. Minha putinha tapou minha boca com a sua, em mais um beijo. Valéria também gozava, se segurando em meus tornozelos.

Gozamos. Gozei e me deixei ficar ali no chão. Elas me soltaram, me fizeram sentar no chão e nos abraçamos os três.

Apesar de tudo, da ótima transa, da excitação, do tesão, enfim, de todo o aspecto erótico da coisa, faltava algo ou talvez algo estava se perdendo. Talvez eu não tenha percebido no momento, mas a satisfação física era muito maior do que a interior e esse desequilíbrio começava a me perturbar.

Valéria & Cia

Uma ou duas semanas depois, Valéria ligou. Disse que estava por perto e queria saber se estávamos em casa para dar uma "passadinha".

- Estamos sim, pode vir! - respondi.

Não falei para minha namoradinha por puro esquecimento, pois a ligação me pegou no meio de um trabalho no ateliê e ela estava na sala. Quando a campainha do interfone tocou, ela foi atender. Só ouvi seu gritinho de satisfação. Quando cheguei à sala as duas estavam abraçadas. Logo atrás, um cara que não conhecia.

- Jorge, meu marido! - apresentou Valéria.

Nem sabia que ela havia casado, mas se tratando de Valéria, muito bem poderia ser o marido do momento, já que trocava de homem o tempo todo, como boa predadora que era.

- Que bom que vocês vieram. Como soube que estávamos aqui? - perguntou minha namoradinha.

Valéria explicou que estavam nas proximidades e as duas ficaram conversando enquanto eu servia uma cerveja para o Jorge. Ele era um cara legal, bastante simpático. As duas sentaram no sofá de mãos dadas falando sem parar. Jorge era de poucas palavras. Ator segundo ele, trabalhando como coadjuvante em uma peça de algum escritor alternativo em cartaz em um teatro underground da cidade. Minha namoradinha foi mostrar alguma coisa para Valéria em outra parte da casa e nos deixaram sozinhos na sala.

- Valéria ficou encantada com tua mulher. – me confidenciou - Desde a festa não fala em outra coisa.

- Ela também. – mas eu não sabia o quanto ele sabia e estava com certo receio.

- Acho que Val ficou apaixonada! – disse rindo.

- Será? – estava um tanto incrédulo, mas sendo a Val, tudo era possível.

- Ela nunca falou com tanto entusiasmo de uma transa como a que vocês tiveram!

Ok! Ele sabia de tudo.

- É...! – não sabia o que dizer nesses casos. Uma imensa sensação de desconforto me percorreu.

- Pena que não pude ir à festa! Estava trabalhando.

As duas voltaram rindo muito.

- O que houve? - perguntei.

- Podemos saber qual a piada? - perguntou ele.

- Nada não! - disse Val - Vá ver só que vista!

Minha namoradinha o levou para conhecer a varanda da sala que dava para a piscina e Val veio até o sofá onde eu estava e me deu um beijo.

- Fiquei com saudades de vocês! - disse pegando minha mão.

- Nós também. - falei meio sem jeito.

- Jorge queria muito conhecer vocês. Você não se importa?

- Em absoluto, porque iria?

- Por nada!

Os dois voltaram de mãos dadas.

- Espetacular isto aqui! - disse Jorge entusiasmado - Muito bonito.

Ela parecia uma criança e foi à cozinha buscar uns salgadinhos.

- Ela é uma gracinha cara! – disse Jorge.

- É sim! – falei.

- Vocês têm um relacionamento parecido com o nosso, não é? – me perguntou.

- Talvez! Somos bem afinados.

Ela voltou com dois pratinhos com biscoitos.

- Querem conhecer o resto da casa?

- Claro! - responderam ao mesmo tempo.

Valéria já conhecia o ateliê. Não a impressionou como ao marido. Lá pelas tantas sentou no meu colo, de frente para mim, bem no seu estilo e:

- Estou com saudade de você!

- Jorge não se importa se nos pegar assim?

- Não! E você se importaria em pegar os dois assim?

- Não sei, nunca aconteceu, por quê?

- Ela me contou que você gostaria de vê-la transando com outro cara!

- O que é isso um complô? – perguntei meio desconcertado.

- Claro que não, só estamos querendo tornar essa tua fantasia real. – disse me abraçando – Por que você acha que eu vim aqui hoje com o Jorge? Quero transar com vocês de novo!

Comecei a suar e a ficar excitado. Ela continuou:

- Neste momento Jorge está seduzindo ela lá no quarto! Vamos ver?

E levantou me puxando pela mão. Ela me conhecia para saber que eu não iria falar nada. Entramos no quarto devagar e os dois estavam se beijando na varanda. Ela já com o vestido levantado, deixando-nos ver sua calcinha preta. Estava de pernas abertas, toda encostada nele, que por sua vez, alisava as nádegas dela. Fiquei atordoado, mas ao mesmo tempo, não tenho porque negar, fiquei muito excitado. Valéria encostou-se em mim de costas e automaticamente abracei-a. Ela tomou todo o cuidado para encostar sua bundinha no meu bom-companheiro. Minha putinha se esfregava em Jorge, se movimentando para cima e para baixo. Valéria virou o rosto para mim e disse baixinho:

- Ela é uma gracinha! – e procurou meus lábios.

Quando a beijei, um beijo formal, quase obrigatório, esfregou sua bundinha em meu bom companheiro, o que o fez ficar mais ereto, mas nossas línguas não ficaram por muito tempo unidas, ela interrompeu:

- Vamos ver os dois!

Jorge levara minha putinha para a cama, onde ela ficou de quatro, com a bundinha levantada. Atrás dela ele alisava e beijava sua bundinha, para delírio dela. Tirou-lhe a calcinha e por um momento contemplou aquela maravilha. Foi quando ela olhou para a porta e me viu com Valéria. Pensei ver certa hesitação em seus olhos, mas Jorge havia se despido e encostava seu membro nela, enquanto tirava seu vestido. Nus sobre a cama, ele começou a penetrá-la por trás.

Eu não queria ver aquilo, estava além de mim, mas Valéria ajoelhou-se à minha frente. Abriu minha calça e alisou meu pau antes de colocá-lo na boca. Eu me apoiava no marco da porta. De repente, nossos olhares se cruzaram, o meu e o da minha doce namoradinha. Ela não estava feliz, mas seus lábios me mandaram um beijo, antes de Jorge vira-la e a beijar. Ela o abraçou com as pernas enquanto ele a penetrava.

Minhas pernas fraquejavam com a chupada de Valéria e a visão do casal fodendo na minha cama, mas meu coração estava pequeno. Algo ali estava se perdendo e talvez para sempre. Mas será que algo começara mesmo?

As coxas da minha namoradinha eram excitantes, em qualquer situação. Valéria percebendo meu estado levantou-se e me puxando pela mão, levou-me até a cama. Sentei-me ao lado dos dois, meio estático e enquanto ela terminava de tirar minha roupa, a mão da minha putinha procurou pelo meu pau e o segurou. Jorge chupava seus peitinhos quando ela pediu:

- Eu quero os dois!

Valéria que agia como Mestre-de-Cerimônias foi quem afastou Jorge, que a agarrou e beijou. Minha putinha virou-se e ficou novamente de quatro sobre a cama. Eu estava sentado à sua frente na própria cama e ela passou a me chupar. Jorge voltou para ela e passou a comê-la e Valéria, que rapidamente se despira, deitou por baixo, chupando seus peitinhos.

Eu queria ir embora dali, mas não queria deixa-la à mercê dos dois. Não sei como aconteceu, mas de repente ela estava deitada em cima de mim, eu dentro dela. Nossos olhos se encontraram e eu, num fio de voz, consegui dizer:

- Eu quero você só para mim!

Ela não entendeu e enquanto Jorge tentava meter em seu cuzinho, sentindo-se excitada de estar fodendo com dois homens em uma dupla penetração, teve que perguntar:

- Não está gostando?

Minha resposta foi curta, sincera e talvez por isso mesmo dramática demais:

- Não!

- Então eu vou fazer com que seja bom! – me disse.

Ela não entendeu nada, mesmo tendo ouvido. Não adiantava ela rebolar mais, porque algo havia se rompido ali. A presença do outro cara me fez ver o quanto louco nós éramos, e o quão maluco era tudo. Fiquei com ciúmes de Valéria e de Jorge, e de qualquer outro que já tivesse se aproximado da minha doce namoradinha.

Foi o pior gozo da minha vida. Doeu muito, mas no coração. Descobri que eu estava apaixonado por ela, e que o sexo não era o mais importante. Mas ela era o oposto. Talvez até estivesse apaixonada por mim, mas colocava o sexo acima de tudo e qualquer tipo de sexo.

Não consegui nem me despedir de Valéria e Jorge. Eles foram embora e tentamos ter uma conversa clara. Éramos francos um com o outro, mas essa conversa se mostrava muito difícil.

O fim está próximo

Não conseguia falar e tinha que deixar passar algum tempo para conseguir entender o que estava acontecendo comigo. Por isso me esquivei dela o máximo que pude. Consegui alguns projetos em outras cidades para viajar e passei semanas fora. Estava sempre em reuniões e com as viagens, emendava uma na outra, tudo para não estar disponível. Viajei para Porto Alegre, só para participar de uma licitação, junto com uma agencia de publicidade, que eu sabia ser impossível de ganharmos, apenas para ficar mais longe ainda, mas principalmente para dar um tempo para minha cabeça.

Claro que ela percebeu que havia algo estranho e me deu o devido espaço para respirar. Quase três semanas depois de toda a sacanagem que rolou lá em casa, consegui colocar algumas coisas em ordem na minha cabeça e, finalmente chamei-a para uma conversa.

Sentia-me cheio de razão ao começar, mas ela estava muito segura de si e me interrompeu logo:

- Você é engraçado! – falou muito séria, como nunca a tinha visto antes – Enquanto era com outra mulher estava tudo bem, mas foi só entrar outro homem e você ficou desse jeito. Pensei que você gostasse de me ver transar com outro cara.

- Não gostei! – respondi gaguejando e perdendo toda a convicção.

- Pois é! Não gostei de transar com aquelas mulheres, mas fiz por sua causa, porque você gostava. Gostei de transar com ele. Gostei que você nos visse transando, porque eu não aguentava ver você transando com aquelas mulheres na minha frente.

- Mas você nunca disse nada! – protestei incrédulo.

- Achei que não precisava, que você perceberia ou que você desceria desse pedestal, desse... desse seu egoísmo.

Realmente nunca imaginara que ela não estava a fim desse tipo de coisa, tal o entusiasmo com que ela se jogava nas situações.

- Eu amo você e fiz tudo em nome desse amor, tudo para dar prazer ao homem que eu amava, até transar com o namorado da Valéria na tua frente, mas estou vendo que isso te abalou.

- E muito! – completei.

- Pois é, acho que só há um jeito...

Eu já sabia disso. Por isso tantas semanas afastado, tantas noites em dormir, tanta bebida. Sabia que o fim estava próximo e isso me afligia. Falhei. Duvidei e esse era o preço que eu pagaria. Terminaríamos nosso relacionamento por causa dessa terrível falha de comunicação, como tantos outros relacionamentos se acabam.

Senti as lágrimas querendo brotar nos meus olhos e vontade apenas de me encolher em algum canto. Só que eu queria mesmo era ficar no colo dela, mas isso eu jamais teria, nunca mais teria. Que idiota que eu fui.

Ela me olhava séria, com seus olhos fixos, um olhar duro e me surpreendeu completamente ao dizer:

- Precisamos começar tudo de novo! Só nós.

Eu não entendi. Ouvi, mas não compreendi. Não contava com isso. Não contava com proposta nenhuma. Tinha certeza que pagaria a conta do bar onde estávamos, aos prantos, enquanto ela saía resoluta pela porta sem nunca mais nos vermos.

- Sem ninguém, só nós, como tudo começou e como deveria ter sido. – ela tocou minhas mãos por cima da mesa e continuou – não se julgue o único pervertido dessa história. Eu me precipitei, querendo fazer tudo o que te desse prazer, adivinhando seus desejos e suas fantasias. – ela se recostou na cadeira novamente – abandonei até minhas próprias fantasias para mostrar ao homem que eu amo, que eu faria tudo por ele.

Ela usou o verbo no presente ou foi impressão minha?

- O que você acha? – me perguntou se aproximando novamente e bebendo um gole do refrigerante.

Claro que eu preferia que fosse como ela estava propondo. Apesar de todas as minhas dúvidas infantis no início, ela era uma mulher maravilhosa e apenas ela me bastava. Colocou sua mão na minha e disse:

- Pense sobre isso e me ligue amanhã.

Ela pegou sua bolsa e antes que se levantasse, segurei sua mão com determinação e falei que:

- Não preciso pensar mais. – falei retomando minha tranquilidade, apesar do coração ainda apertado – Eu te amo e quero viver com você até quando você me quiser.

Ela me olhou com ternura, acariciou meu rosto.

- Eu também te amo bobinho, sempre te amei. – e nos beijamos.

Um beijo público, pudico até. Paguei a conta e saímos.

- Vamos para o meu apartamento. – disse ela ao mesmo tempo que me perguntava por gestos onde eu deixara o carro.

Fomos para lá, passamos pela portaria de mãos dadas, subimos no elevador apenas nos olhamos e quando fechei a porta atrás de mim, ela me abraçou com força, corpo colado no meu e me beijou.

Retribuí o beijo, sentindo seu corpo, finalmente meu, sem dúvidas ou partilhas. Abrimos o sofá cama rapidamente e nos deitamos nus. Finalmente tivemos a nossa primeira noite de amor, como se nada do que tivesse acontecido antes importasse.

Realmente não importava mais. Eu fui um tolo. Por mais que ela dissesse que também errara, era óbvio que minhas dúvidas não permitiram perceber que ela era muito mais do que uma mulher linda e sexualmente fogosa, ativa e dinâmica.

Durante a noite, enquanto ela dormia aninhada no meu colo, me senti pleno. Satisfeito fisicamente pelo delicioso orgasmo, mas acima disso, com o coração leve e feliz. Afaguei seus cabelos e olhei pela janela, de onde apenas era possível ver outras janelas, muitas janelas. Alguém teria visto? Não me importava e nem me interessava por isso.

O que me interessava é que ela estava ali ao meu lado e eu não tinha dúvidas sobre ela. Nenhuma dúvida.

O Casamento

Parece uma estória bobinha qualquer, mas não foi. Seis meses depois nos casamos em uma cerimônia simples, onde estavam apenas duas testemunhas, funcionários do próprio cartório.

Antes disso, vendi minha casa, ela vendeu o apartamento dela e juntando nossas economias, compramos uma linda casinha em uma cidade afastada na serra.

A casa era maior do que a minha. Tinha um jardim enorme à volta toda e era indevassável, mesmo sem muros. Eu poderia trabalhar ali, em um ateliê que construímos em um alpendre e ela abriu seu próprio negócio de alimentos orgânicos. Nada demais, uma lojinha pequena, bem montada onde ela fazia algo que gostava.

Fizemos novos amigos na cidade, com quem nos encontrávamos para jogar cartas, conversar e nada mais. Quando nos despedíamos e voltávamos para casa, ou simplesmente quando víamos o brilho vermelho dos carros sumirem longe, íamos para nosso quarto e nos transformávamos naquilo que éramos verdadeiramente: dois amantes apaixonados e loucos um pelo outro, capazes de foderem a noite toda e assustar os animais das proximidades, porque seriam os únicos a ouvirem os gemidos e gritos de prazer da minha esposinha, agora realmente uma putinha na cama, mas só na cama e na nossa cama.

O Futuro

Ninguém, mas ninguém mesmo sabe o que o futuro nos reserva. Como dizem, o futuro a Deus pertence e sabe-se lá o que vai acontecer conosco, mas não estamos nem um pouco preocupados. Sabemos o que precisamos fazer para estarmos bem. Não só entre nós, mas cada um de nós. Somos um casal e não mais duas pessoas com propósitos diferentes.

Acima de tudo, somos claros um com o outro. Sem mais adivinhações ou achismos. Torço para que sempre venha o melhor. Nosso entrosamento sempre foi bom e sem interferências externas está melhor ainda.

Cláudia está grávida, e isso está mudando completamente a cabeça dela. Da minha parte, estou mais do que contente, pois sempre quis ter um filho e agora isso vai acontecer. Mas o melhor de tudo é ter certeza de que o filho é meu.

Outro dia, entrei em casa vindo do ateliê e ela estava sentada no sofá, com sua barriguinha já aparecendo e com um livro no colo. Achei graça, porque nunca a vira mostrar nenhum interesse por esse livro e perguntei:

- O que está lendo? – perguntei sabendo a resposta.

- Seu livro de strip-tease. – respondeu sem tirar os olhos.

- Mas porque isso agora?

- Estou vendo se ele tem ou me dá alguma ideia pra fazer um striptease pra você com a minha barriguinha aparecendo.

Nem precisava, mas iria adorar. Sentei-me ao lado dela e ficamos juntos ali lendo e vendo as fotos atrás de ideias, mas inspirações tínhamos muitas.

www.ingramcontent.com/pod-product-compliance
Lightning Source LLC
LaVergne TN
LVHW010116170826
845678LV00012B/2431

* 9 7 9 8 5 7 5 2 1 3 6 3 5 *